致青春 105

不二之臣

(上)

不止是顆菜　著

高寶書版集團

目錄
CONTENTS

第一章

盛夏夜裡暴雨如注，閃電撕扯開層層烏雲，悶雷緊隨其後，轟隆作響。

平城油畫院，中世紀教堂風格的玻璃彩色花窗氤氳出內裡的通明燈火，《零度》今晚要在這裡舉辦一場紀念創刊十週年的時尚慈善晚宴。

晚宴前有一場談話會，來賓或在展板前簽名擺拍，或在閒聊。

這樣的場合，若是不和相熟的人待在一塊說笑些什麼，難免顯得尷尬又格格不入，不過季明舒從來沒有這種煩惱。

「蔣純今晚不來？」

「應該是不來了。」

「也是，花那麼多錢訂了堆破爛，想做慈善暫時也怕有心無力。」

幾道女聲溫溫柔柔，不仔細聽還真以為是關心惋惜。話題也點到即止，大小姐們交換眼神，又不約而同笑了一下。

被簇擁在中心的季明舒一直沒出聲，雖然跟著輕輕彎唇，卻不難看出她興致缺缺，甚至有幾分心不在焉。

見狀，有人不著痕跡跳開話題，笑盈盈地看向季明舒，「親愛的，你這裙子是不是前兩天去巴黎試的那條？真好看。」

季明舒：「不是，前兩天試的那條才做了個初樣，這條是去年秋冬高訂週那時候訂的。」

高訂大家都做過，有個幾件不是稀罕事，但禮服裙動輒百萬還不好重複多穿，像季明舒這樣當普通晚宴裙穿出來也太過奢侈。幾人都沒有掩飾歆羨的神情，如往常般，順著話頭附和誇讚。

季明舒也不知道聽進去了沒，神色平淡。末了倒還算給她們面子，喝了小半杯紅酒，又留下句「好好玩」，才和《零度》即將走馬上任的副主編谷開陽一起離開。

季明舒一走，大小姐們都暗自鬆了口氣。今晚季明舒顯然不在狀態，說蔣純笑話不感興趣，誇她裙子也沒反應，再不走可真不知道還要吹捧些什麼了。

「想什麼呢你，還有功夫聽那幾朵塑膠花拍馬屁，快幫我去看著宴會廳，今晚可是你姐妹的大日子，要是石青敢在宴會廳搞事，你給我撕了她！」

谷開陽面上帶笑，往宴會廳走時還頻頻點頭朝來賓打招呼。聲音從上揚的唇間飄出來，被壓低的同時也被壓扁了三分。

季明舒挑眉，沒等她接話，後頭忽地一陣騷動，兩人相繼回頭。

不知是哪位大牌駕到，門口閃光燈的咔嚓聲變得急促起來，原本還在做採訪的記者都迅速地放棄手頭對象，爭相湧到紅毯盡頭的展板周邊，擠挨成一團。

谷開陽半瞇起眼辨認，「好像是蘇程到了，你幫我看著這邊，我先過去。」

她反應快，話說到一半，步子就已邁開。

季明舒遠遠望著人頭攢動的外間，本來沒太在意，可忽然從縫隙間瞥見蘇程身邊那抹既熟悉又陌生的身影，背脊瞬間繃直。

像是有感應般，立在蘇程身側的那抹身影也往她的方向望了眼，目光穿過重重人群和陣陣白光，彷彿沾染了夏日雨夜的絲縷涼意，冷冽又遙遠。

✕

一刻鐘後，展板前的紅毯拍攝採訪全部結束，來賓被引入宴會廳，按早就安排好的位置一一入座。

今晚宴會廳的佈置設計出自季明舒之手。廳中燈光如瀑，樂隊現場演奏莫札特的〈G小調第四十號交響曲〉。每桌中央都放有今早才空運抵達的暖玉白玫瑰，玫瑰花瓣新鮮飽滿，邊緣處還泛著溫潤的淺粉。穿馬甲打領結的侍應單手托起圓盤，在這一室鬢影衣香間來回穿梭。浮華聲色，不過如此。

谷開陽先前的擔心有些多餘，得知晚宴現場由季明舒親自操刀，本想作妖的人早八百年就歇了心思，直至集團總裁上臺發言，宴會廳內都沒出現絲毫差錯。

總裁發言完畢，又到《零度》主編枚姐上臺。枚姐最愛聊過期雞湯，大約是想致敬「女魔頭」米蘭達的運籌帷幄，這回雞湯裡冷不防還裹挾了雜誌內部的地震性變動。

現場個個都是機靈鬼，在她提到「新任副主編」時，大家都下意識將目光投向了谷開陽。谷開陽像隻旗開得勝的小白天鵝，矜持起身，眼角眉梢都是壓不住的喜悅。

也有人只掃她一眼，便看向坐在她身邊的季明舒，比如蘇程。

蘇程今年四十有二，手握影后獎盃無數，又先後三嫁大佬，不論在演藝圈時尚圈還是在現今的名流圈子，都有舉足輕重的地位。

她稍稍偏頭，湊近身側男人，以一種探聽晚輩八卦的語氣打趣道：「怎麼沒陪明舒？鬧彆扭了？」

男人抬眼，望向不遠處的季明舒，指尖輕輕敲著杯壁，過了半晌，都沒接話。

蘇程只當他是默認，又悄聲向他傳授哄女孩子的辦法。

他點頭，目光卻並未收回。

兩年沒見，季明舒倒還和以前一樣，即便是冷著沒表情，那張臉蛋也明豔得不可方物，半分不輸今夜各展神通的滿室星光。

晚宴過後還有一場慈善拍賣會，留下來參加的賓客移步至另一側的小廳當中。

「〇二九號拍賣品大溪地天然黑珍珠鑽石項鍊，由蘇程女士捐贈……」

臺上拍賣師正在介紹拍賣品，季明舒卻先一步掃完了名冊上的拍賣品資料。她心底輕笑，估計著今晚有人要豪擲千金，博影后一笑了。

這念頭剛在腦海中打了個轉，拍賣師便報：「起拍價，八十萬！」

「八十五萬！」

「九十萬！」

「一百萬！」

話音甫落，價格迅速刷新。

當競價來到三百萬時，不少人都側目望向季明舒的右後方，甚至有人忍不住在這種場合竊竊私語。

季明舒沒動，不用回頭，她也能想像出那人頻頻舉牌時氣定神閒的模樣。

「五百萬，現在已經五百萬了。」

「五百萬一次，五百萬兩次，五百萬三次！」

「咚！」

成交槌落下沉悶聲響。

「這項鍊，五百萬……？那男人是誰呀？」

陪坐在末席的小明星張寶姝也看出這項鍊成交價過分虛高，忍不住向身側經紀人輕聲打探。

「岑森……」經紀人若有所思地喃喃著，「他怎麼突然回來了。」

張寶姝這小女生初入名利場，看什麼聽什麼都覺得新鮮，捕捉到關鍵字又追問：「那男人叫岑森？他很厲害嗎？」

小新人暫時搭不上岑森，今天帶出來也就見見世面，經紀人懶得和她多作解釋，只低著頭，劈裡啪啦在桌下按手機，傳遞第一手消息給手下其他幾位資歷深點的女星。

現場和這位經紀人一樣四處通風報信的不在少數。

岑氏集團少東家遠赴澳洲開拓海外市場，已有兩年未在國內露面。毫無預兆出現在今晚這樣的場合，行事還一反常態地高調，這彷彿是一種訊號——

岑氏長達數年的內部爭鬥，結束了。

若無意外，今夜之後，平城又將多出一位讓人津津樂道的風雲人物。

事實上，參加這場慈善晚宴原本不在岑森的計畫之內。可他行事向來滴水不漏，臨時受人所托陪蘇程出席，不僅拿出了早年陪家中長輩出席各類活動時的耐心，還拍下蘇程所捐、號稱是多年心愛之物的珍珠項鍊。

這種時尚雜誌舉辦的小型拍賣會本就是捐個心意拍個心意，岑森這般抬價，可以說是為蘇程做足了裡子面子。

蘇程笑意吟吟，慢道：「改天老裴有空，你和明舒來家裡吃飯。」

這便算是接受了。

✕

拍賣結束時，不少人的目光都落在了岑森身上。

他仍坐在燈光暗處，鬆了鬆領口的溫莎結，雙腿交疊，往後靠。

今夜賓客眾多，他和蘇程到得又比較晚，很多人都不知道他來了。這時知道了，認識的自然都上前招呼攀談，不認識的創造條件也要湊上去混個眼熟。

季明舒坐在自己座位上巋然不動，目光直直望向已然空無一物的展臺，神情冷若冰霜。

谷開陽看得心驚膽戰，鬥敗職場宿敵升職加薪的那點興奮，早在岑森為蘇程的珍珠項鍊多番舉牌叫價時褪得一乾二淨。

她小聲問：「你老公什麼時候回來的？你們吵架了？」

「沒。」季明舒只回答了後一個問題，因為前一個問題，她也不知道答案。

也不知過了多久，有一雙黑色皮鞋緩緩步入她的視線。鞋款眼熟，繫帶方式獨一無二，幾乎在視線觸到鞋面的那一瞬間，季明舒腦海中就浮現出了它主人的模樣。

「明舒，回家了。」

他的聲音不高不低，平淡尋常，讓季明舒產生了一種他們是正常夫妻、每天都會見面的錯覺。

✕

「我開車來的……我真的……」谷開陽踩著十公分的細高跟，被季明舒暗暗往外拽，有些站不穩，「你們回家就回家，幹嘛拉上我，不用送我……」

「要送你。」

季明舒冷冷覷過去，將她剩餘的話全都堵在了喉嚨裡。

油畫院外暴雨初歇，夜色濃稠得沒有一絲光亮，風吹過來，一半涼，一半帶著夏夜濕熱。

司機恭敬地拉開了副駕車門。

見岑森沒有坐上去的跡象，季明舒下意識就往前邁步，可岑森忽然抬手擋了擋，然後不著痕跡地看向谷開陽。

谷開陽打了個冷顫，小碎步往前趕，特別自覺地坐上副駕，為小夫妻倆騰出後排寬敞空間。

「那個，送我到星港國際就行了，謝謝。」

谷開陽報完地址給司機，又從後視鏡偷瞄了眼後座的冷漠夫妻二人組。

——兩人目視前方，互不搭理，座位中間的距離大概能坐下一個一百公斤大胖子。

賓利駛入主路，整整三分鐘，車廂內都沒發出半點聲響，谷開陽感覺再這麼安靜下去，一車四個人可能都會活活憋到去世。

她正醞釀著話題想要打破車內靜默，岑森忽然出聲，「谷小姐升職了，恭喜。」

谷開陽遵從本能乾笑兩聲，「謝謝，謝謝。」順便商業互捧了句：「岑總好久不見，今晚也很帥。」

季明舒從後照鏡裡白了她一眼，狗腿！

✕

今夜夜空被雨水沖洗過，墨黑得分外純粹。司機將谷開陽送回星港國際，又掉頭駛向城北的明水公館。賓利在高架橋上飛馳，一路上，季明舒和岑森誰也沒再多說一句。

明水公館第十三棟是季明舒和岑森的婚房，婚後兩人也一直住這裡。

推開門，入目傢俱整潔，吊燈燈光明亮，玄關處的木質屏風櫃上都沒有半點灰塵。

岑森掃了眼，「最近沒住家裡？」雖然在問，但已然是陳述語調。

「對啊，出去找小鮮肉了。」季明舒靠著牆，雙手環抱，聲音閒閒的，有些輕飄。

岑森目光很靜。

季明舒也得趣地翹起一側唇角，腦袋偏了偏，揚眼望他，不避不讓。

有些人就愛裝樣子，明明她在國內吃根草都有人向他匯報，還明知故問她住沒住家裡。兩年沒見，他也不嫌這樣的客套問候多餘又可笑。

兩人對視數秒，最後還是岑森先移開目光，他一向不喜歡在無意義的話題上多做糾纏，尤其和他這位腦子被鑽石閃到短路的太太。

屋子裡可能是太久沒有人氣，開著自動恆溫也冷。

岑森邊解衣釦邊上二樓，季明舒遠遠看著，踢下高跟鞋，輕笑了聲。

兩人雖然夫妻感情一般，但婚後並未分房。二樓主臥寬敞，裡頭還有一扇門，通往更為寬敞的衣帽間。

季明舒進臥室時，岑森正好推開衣帽間的門——

衣櫥四面貼牆，中央是錶臺和珠寶臺，探照射燈亮起，玻璃櫃裡一片流光溢彩。

岑森立在衣帽間門口，手插口袋，半晌沒動。

季明舒也沒往他那邊去，就站在臥室的全身鏡前解禮服綁帶。

岑森忽然喊：「明舒。」

「嗯？」她從鏡子裡看了眼。

「收拾一下。」

岑森身體半側，讓出門口大半空間。領帶從一邊扯下來，扯得領口稍皺，他的眉頭也跟著皺了一下。

季明舒這才看見，衣帽間裡擺了滿地的禮袋禮盒，根本沒地方落腳。

她有點意外，上前拎起近門的袋子翻了翻，終於想起來，「應該是品牌方送的禮物吧，都這麼多了。」

岑森去澳洲後，她大多時候都在國外旅行，回平城也是住在市區公寓。

各大品牌登記的地址是明水公館，她懶得改，禮物就一直往這邊寄。

管家阿姨倒是打電話問過她這些東西該如何處置，她當時在忙別的事，隨口說放在衣帽間就好，沒成想，就這麼堆滿了。

「這也太多了，不好意思啊，我收一下。」

季明舒嘴上說著不好意思，但從頭髮絲到腳趾尖都看不出半分抱歉，更看不出有收拾的意思。

她甚至還饒有興致地拆開一條披肩，邊打量邊思索，說：「這條披肩也太厚了，什麼時候去南極倒是可以帶著，為企鵝披上。」

多年克制讓岑森已經忘記白眼，他面無表情，聲音從最初極具耐心的溫和變得冷而寡淡，「把你的東西收拾一下，我要拿睡衣。」

季明舒動作稍頓，抬頭盯了他幾秒，忽地一笑，「三句話不到就不耐煩了，岑總耐心可真不怎麼樣。」

她的手落下來，披肩蓋住細白的腳踝。下一秒，她又探出腳尖，沿著他的踝關節緩緩往上，吊在小腿內側輕輕摩挲。

像勾引，更像挑釁。

岑森深深看了她一眼，話鋒忽轉，「你如果連洗澡都等不及的話，可以直說。」

她唇角笑意迅速消失，轉身踢開衣帽間的滿地禮物，從衣櫃裡扯出套男士睡衣，揉成一團扔進岑森懷裡，像是扔什麼不可回收的垃圾。

岑森接了衣服，倒不急著去洗澡了。

他沉吟片刻，開口問道：「明舒，你對我是不是有什麼不滿？我們談談。」

不過眨眼功夫，他又恢復成平靜溫和的模樣。今天沒戴眼鏡，不然更像善心大發要普渡後進生的年輕教授。

季明舒嘲弄，「看不出岑總這麼尊重我的意見。」

三天前，季明舒看到趙洋發了一則動態。

那則動態只有四個字——接風洗塵，底下帶了張會所包廂的圖，拍的是江徹和舒揚，但角落昏暗處，岑森腕上的鉑金錶也不小心入了鏡。

那支鉑金錶是岑家長輩送給他倆的新婚禮物，岑森那支的錶盤是小王子，她那支是玫瑰花，某品牌的私人訂製，說一句全世界獨一無二也不為過。

也就是說，他回國至少三天了。

三天，一通電話沒打，一則訊息沒傳，徑直去了星城和狐朋狗友一起花天酒地，根本沒把她這明媒正娶的老婆放在眼裡！

聽完季明舒小嘴叭叭一番控訴，岑森終於明白今晚她為何對自己處處挑剔。

他想了想，說：「我以為以我們的關係，你對我的行程並沒有任何興趣。不過你有興趣的話，以後我可以讓助理每天報備一份給你。」

「……」

誰要你行程，四海之內皆你媽得看著你獨立行走會不會迷路？而且這話聽起來怎麼就這麼刺耳，還有點施捨的感覺？

季明舒整個人都不太好了，指著他鼻子飆髒話的衝動到了嘴邊，又不知道想起了什麼，一邊在心裡默念不生氣不生氣，一邊逼迫自己閉眼冷靜。

季明舒天生貌美膚白，參加晚宴底妝也上得輕薄，此刻站在廊燈下，紅豔豔的唇抿成一條直線，整張臉顯得明豔又清透。

和她認識近二十年，岑森從來看不上她大小姐的姿態，但也從不否認，她從小就是明眸皓齒、一眼驚豔的美人。

美人總是容易惹人心軟，見她氣得頭頂即將冒煙，岑森破天荒地主動退讓了一步，「好了，這次算我不對。」

「算？算什麼算，本來就是！」

季明舒剛剛壓制下去的火氣又被「我懶得和你計較」的直男式讓步撩了起來。

兩人婚姻本就是雙方家庭利益最大化的選擇，雖然對他倆來說，結婚對象都不是那麼稱心如意，但這種家庭出生的小孩，自懂事起便有婚姻難以自主的自覺，畢竟也沒有端起碗吃飯，放下碗就要追求愛情追求自由的道理。

在結婚一事上，季明舒和岑森都表現得分外配合，且在「人前恩愛」這一點上早早便達成了共識。

「你一聲不吭回國，陪蘇程參加有我在場的宴會，幫蘇程競拍項鍊，還不提前知會我，你想打誰的臉？想告訴全世界我和你不熟嗎？！」

季明舒一聲比一聲揚得高，頗有幾分身高不夠，聲音來湊的意思。

岑森揉了下眉心，好像嫌她吵，解釋也淡，「下午和裴董吃飯，他不方便，幫個忙而已。蘇程都四十多了，應該沒有人會覺得，我陪她參加是在打你的臉。還有，我並不知道你也會參加這個宴會。」

季明舒簡單翻譯了一下——哦，誰知道你也在，我又不關注你，你是誰？

這大概就是季明舒最討厭岑森的一點，不把任何人任何事放在眼裡，總是理智冷靜，或者說，總是冷漠。

她是花團錦簇眾星捧月的鮮花，本就最難忍受不以她為世界中心的漠視。

話題無疾而終，洗澡的時候，季明舒還閉眼在想：如果能結束這種喪偶式婚姻，她願意五年之內沒有性生活。

⤫

在浴室耗了兩個小時，季明舒才慢騰騰出來。

精緻如她，每日的保養程序必是早中晚一道不落。

沒去澳洲之前，岑森和她一起生活過一段時間，對她的習性也有所瞭解。毋庸置疑，她就是那種貧血暈倒前都要強撐著為自己化個全妝的極端精緻分子，美麗且膚淺。

這時季明舒換了條霧霾藍的絲綢吊帶睡裙，手臂和小腿都裸露在外，骨肉亭勻，纖穠合度。

長而黑亮的捲髮吹乾後蓬鬆柔軟，光腳往前走時，隨意垂落的髮梢和裙擺一起晃動，還裹挾了浴室帶出的嫋嫋水霧，純真中又顯出稍許風情。

岑森看了眼。大約是這只花瓶太過賞心悅目，沒過兩秒，他又看了一眼。

「看什麼看？」

岑森輕笑，沒接話。

季明舒也不知道在警惕什麼，目不轉睛地盯著他，沿著邊邊坐下，又一條腿一條腿地往上搭，見他沒動作，這才拉高軟被躺了下去，整個人蓋得嚴嚴實實的，只露出一顆漂亮又可愛的腦袋。

季明舒：「關燈，我要睡覺了。」

岑森也沒多話，依言關了落地燈。

黑暗中兩人的呼吸一前一後，沒多久，又被同化成一樣的頻率，安靜整齊。

兩年都沒和人同床共枕，季明舒有點不習慣，左邊翻翻右邊翻翻，總覺得哪裡不對勁。

岑森倒很規矩，平躺下來就沒再動。

空氣中有清淡的木質香，大約是冷杉，陰天的冷杉味道。

迷迷糊糊快要睡著的時候，季明舒忽然感知到一種離得很近的侵略。等她睜眼，岑森已經覆了過來，手臂撐在她的身側。

夜裡光線黯淡，身前又一片陰影，她隱約看見岑森深雋的下頜線條，往下，喉結不甚明顯地滾動。往上，沉靜墨黑的眼瞳裡，欲望翻滾。

久不經事，季明舒反應略顯遲鈍，待到肩帶滑落才上來些感覺。

窗外月色如水，清凌凌地晃蕩，睡前的不愉快也暫時被擱淺在這水邊。

×

次日一早，豔陽高照，光線穿過別墅區繁茂綠植，帶著雨後初霽的明淨。

季明舒睜眼，往上仰了不到兩公分，又重新倒了回去。

她被一條有力的手臂禁錮著，不得動彈。不過這時她也不是很想動彈，渾身痠疼，像是被擀麵棍從頭到腳用力碾過一般。

很奇怪，岑森不是重欲的人，以前一個月差不多一兩次，平平淡淡解決需求，姿勢都懶得變。昨晚卻像累積了兩年家財要散個乾淨般，凌晨三點才勉強結束。

他這樣的在現實生活中應該算那方面厲害吧？季明舒也不太確定，畢竟她也沒有經歷過其他的對比素材。

她胡思亂想了會兒，又伸手在床頭櫃上摸索。摸到遙控器，她按了下窗簾開關。可窗簾才開一半，岑森便半瞇起眼皺眉，從她手裡奪了遙控器重新關上，緊接著手臂又搭回她的腰間。

「你把手拿……」

「開」字還沒說出口，岑森先一步將手收了回去，還拉了拉被子，不耐地低啞道：「別吵，睡覺。」

——打了褶的眉頭透露出，他是真情實感在嫌棄她的聒噪。

好在季明舒也不急著起床，不輕不重踹他一腳，又側臥向另一邊，撈起手機。

昨晚那場宴會今早還在熱議，不過話題都是圍繞明星。

蘇程手握多座影后，又是合照時的絕對中心，自是頻頻被人提及，還有時尚部落客將蘇程評為昨晚的最佳著裝，評論也多是溢美之詞，基本圍繞「影后一出手，野雞靠邊走」這一主題展開。

季明舒翻了翻，所有拍到蘇程的圖不是缺了一半，就是做了遠景模糊處理，連《零度》官方社群帳號發佈的影片也是如此。

這倒不算稀奇，畢竟岑森在大眾視線裡一向隱身。

不過經了昨晚一遭，該知道的也基本都已經對他這位岑氏少東家的回歸了然於心。

岑氏雖然是家族企業，但發展多年，集團內部派系也有些複雜，明爭暗鬥一直不斷。如今，岑遠朝一系一支獨大，掌控著集團的大部分核心專案還有負責營收的君逸飯店集團，擁有絕對話語權。

可岑遠朝近年來身體狀態不大樂觀，急診室就明裡暗裡送了幾次。他這一病，西風漸起，雖不至於壓倒東風，但上躥下跳地撲騰，也著實在岑氏內部掀起了不少波瀾。

身為岑遠朝獨子，岑森肩上責任重大，他的能力倒也與責任相匹，看起來斯文俊朗，謙遜溫和，出手卻是出了名的凌厲乾淨。年輕一輩裡，鮮少有人敢直攖其鋒。

而且岑森向來是對別人狠，對自己更狠。為了聯合季家打壓南岑旁支，季明舒這種在平城赫赫有名的嬌縱大小姐也是眼都不眨說娶就娶。

當初岑季聯姻的消息一出，大家都覺得不可思議，甚至不少人都覺得宣佈聯姻不過是權宜之計，婚禮並不會真正到來。

但隨著訂婚宴如期舉行，岑森從君逸旗下的華章控股被調回集團總部擔任開發部總監，這位岑氏少東家要借姻親助力入主東宮之勢也越發明顯。

婚訊宣佈至婚後回門那段時間，圍繞岑森和季明舒的話題從不曾斷。

直到新婚半年過後，兩人八卦才從茶餘飯後的話題中逐漸淡出。

可就在這時，岑森忽然主動提出調任君逸海外部，說是要遠駐澳洲，開拓海外市場。這自然又引起了一片譁然。

岑森剛剛調回君逸總部的時候，便力排眾議推出主打「溫泉度假」概念的子品牌「水雲間」。

那時候看好「水雲間」這專案的人很少，他強行推動專案又無法短時間內收到成效，難免在其他方面受到集團高層掣肘。

可他也不曾讓步，只白刃肅清旁支宵小。雷霆手段下，項目總算得以進行。

就這麼一路扛壓扛到了飯店落成，百尺竿頭，本應借此更進一步，岑森卻忽然來了調任海外這麼一齣，的確是令人費解。

眨眼兩年過去了，如今提起溫泉飯店，住不住得起的都會下意識想起君逸水雲間。品牌印象如此深入人心，這便是無聲卻最直接的肯定。

而岑森也不聲不響在這時候悄然回歸，大家沉寂多時的好奇心不免被勾起，昨夜到今早，私下議論得厲害。

季明舒也收到了一大波狂轟濫炸，通訊軟體裡，紅色未讀訊息密密麻麻，只看預覽便知，都是在變著方式問她岑森的相關消息。

谷開陽倒沒打探岑森的心思，一大早傳來語音調侃：「還沒起床？」

「岑總厲害啊。」

季明舒只點開了第一句，可沒等她放到耳邊聽，下面一句也順著擴音功能自動播了出來。

她下意識想要暫停，手速卻沒跟上語速，按上去的時候語音剛好播完，暫停也變成了重播。

四下寂靜，夾雜微弱電流聲的戲謔重複兩遍，有點像是聽者意猶未盡的確認和肯定。

季明舒緊張地豎起耳朵——

身後原本均勻的呼吸，好像斷了。

她僵了僵，將手機慢動作塞至枕頭下方，身體繃得直直的，腳趾也不自覺蜷縮起來。

岑森已經醒了。

他睡在床的左側，掃了眼季明舒側得筆挺的薄瘦背脊，無聲一笑。

沒一會兒，他掀被起床。

季明舒聽到腳步聲從床的另一邊漸趨漸近，立馬閉上了眼，只是睫毛還不聽控制地上下顫動。

很快，腳步聲逼至近前，她沒由來地屏住呼吸，短短一瞬，腦海中便模擬了好幾種不輸氣勢的對嗆。

五秒。

十秒。

三十秒。

那腳步聲由遠及近，又由近及遠，直到浴室傳來嘩嘩水聲，季明舒才反應過來——岑森根本就懶得揭穿她在假睡。

不知怎地，她心裡升起一股悶氣，睜眼盯著浴室方向看了幾秒，忽然掀開被子，出氣似的重重靠在床頭。

餘光瞥見岑森那邊的櫃子上放了疊資料，她傾身，費力往前伸手，搆了半天才勉強搆上。

《君逸集團設計師飯店開發企劃書》。

季明舒原本只是單純扯來出出氣，可看到封面標題，眼神不自覺有了變化。

岑森從浴室出來時，就見季明舒靠在床頭認真翻閱資料。

她的睡裙被折騰一夜，不規矩地向上翻折著，雙腿舒展交疊，顯得又長又直，還白得晃眼。

季明舒注意到他的響動，眼睛卻還捨不得從資料上移開，只邊看邊問：「君逸要建設計師飯店？」

岑森「嗯」了聲，稍稍抬起下頜，扣襯衫領口的第一顆釦子。

季明舒沒再說話，繼續翻頁。

她是季家這一輩唯一的女孩子，雖然父母早亡，但姑伯長輩對她都是出了名的千寵萬愛。大學畢業後嫁入岑家，過得更是高枕無憂順心遂意。

她的日常就是受邀參加各類酒會活動，沒事坐飛機滿世界度假，人生輕鬆模式下人人稱羨。

大概也沒人記得，她其實是薩凡納藝術設計學院室內設計專業的高材生，不是大腦當擺設只會買買買的草包花瓶。

「我記得你以前是在薩凡納念室內設計，有興趣？」岑森忽然問。

季明舒抬頭，盯著他看了幾秒，壓根就沒想到這塑膠老公還記得這事。

好半晌，季明舒才回過神來。她悄悄掩住正合心意的竊喜，在腦海中醞釀擺架子的說辭。就像是小公主屈尊降貴般，賞他一個臉面。

可沒等公主殿下親開金口，岑森又說：「過段時間飯店落成，我讓人帶你過去提前參觀。」

……？

「參觀？」

「難不成你還打算參與設計？」他想都沒想，「不行，飯店不是讓你練手的地方。」

季明舒忍不住說：「昨天的晚宴現場就是我設計的。」

岑森頓了頓，回頭看她，「原來是你設計的。」

恍然大悟，又意味深長。

季明舒：「你什麼意思？」

「就是更不能讓你參與的意思。」

他慢條斯理戴好腕錶，半垂下眼，了然定音。

季明舒本來就有點心虛，聽到這話，耳根泛紅，人也瞬間就坐得筆直。

「其實昨晚不是我的真實水準！」

她聲音一下揚了八度，精準示範了什麼叫做沒理只能聲高。

岑森要笑不笑的，眉峰很輕地挑了下，耐心等她解釋。

這事說來話長，其實昨天的晚宴早早就定下了「圓桌派」的主題，與十年前的《零度》創刊號遙相呼應。

可季明舒這邊剛剛畫好圖紙，集團總部和贊助商那邊突然產生分歧，經費一下子變得緊張起來。

時尚最不能缺的就是經費，《零度》這邊不肯簡辦，集團總部又不願多撥費用，爭論將近一週，雙方才勉強達成一致，將創刊十週年的時尚晚宴和原定於下一季度的慈善晚宴合在一起，提前舉辦。

和慈善晚宴合辦，再玩弄什麼概念和主題顯然不太合適，這便意味著先前的晚宴現場設計方案需要全盤推翻。

季明舒最厭變故，架子大脾氣臭，上一次出手還是兩年前為克里斯．周首參米蘭時裝週做早春秀場設計，這回若非賣谷開陽面子，她根本就不會搭理《零度》，臨頭他們居然還提出全盤推翻設計稿，她聽到這事就完全沒在客氣地直接掛了主編電話。

季明舒的本意是甩手走人，誰愛做就誰去做，但沒經住好閨蜜谷開陽軟磨硬泡，最後還是心軟，重新做了方案。

只不過時間緊迫，又要從頭再來，新方案多少有點敷衍的意思，也不如之前用心。最終呈現出來的現場中規中矩，檔次不缺，但毫無辨識度。

季明舒自己對昨夜的現場也不滿意，但辯解的話到了嘴邊，又覺得自己也不合理，嘴唇張合幾次，什麼都沒說出來，就喪氣地跪坐在床上。

岑森已經穿好衣服準備出門，見她沒說出朵花，也並不意外，只目光淡了淡，「跪我有什麼用，你不如三拜九叩跪去布達拉宮，也許還能感天動地。」

第二章

岑森不過隨口一說，實際並未對自己說出的話有多在意。他工作繁忙，從明水出來，家事私事都被拋諸腦後，更別提反思自己的言行還有照顧那位大小姐的心情了。

下午兩點，平城金融中心附近車流如織。午時的風吹來陣陣熱氣，太陽明晃晃高懸，熾熱灼人。

午休過後的上班時分，白領大多端著附近咖啡店的外帶紙杯，三兩成群往公司回走。今天是週五，大家說說笑笑地聊些工作八卦，狀態放鬆。只有兩個在君逸上班的女孩子收到群組通知，原本還談笑的神色瞬間收攏，急匆匆往公司回趕。

一個女孩子鞋跟太高，有點走不動，氣喘吁吁問：「怎麼這麼快，不是說今天可能不來了嗎？」

另外一個女孩子走得快一點，停下來回身等她，還不停做招攬手勢，「你也說了只是可能，我要是能看懂這些人心思，那我直接去盲買股票了。好了，快點快點。」

✕

君逸總部在金融中心附近有兩棟相連的大樓，呈幾何錯層結構，高高聳立，分外惹眼。靠東面那棟是君逸旗下最具代表性的高檔型飯店君逸華章，另外一棟則是集團總部的辦公大樓。

兩點十五分，辦公大樓內平日空曠的一樓大廳站滿了公司管理層，級別由低到高、從外到內排成整整齊齊的兩列，站在最外面的都是會務組組長。

兩點二十分，三輛黑色轎車依次駛入大樓門廊。

前頭凱迪拉克開路，停在右側羅馬柱前方，中間那輛賓利十分霸道，徑直剎在中央。賓利副駕上下來了一位戴眼鏡的年輕男子，他邊扣西裝邊往後走，稍稍彎腰，頗為恭敬地拉開後座車門。

眾人屏息，目光聚焦在車門上，沒由來地從腳底升起股緊張情緒。

午後陽光分外熾烈，馬路發燙，樹葉綠得透光，夏日的燥熱喧囂中，又好像有種長焦鏡頭慢速推遠的遙遠沉靜。

岑森從車裡出來，慢慢站直。

他是劍眉星目又乾淨清洌的長相，配合修長挺拔的身形，站在那就有一種天然冷感。遠遠看著，年輕，矜貴。

沒等大家回神，前後兩車的車門也齊唰唰打開，從裡下來三男三女六位助理，他們都穿職業套裝，手提公事包，十分規矩地跟在岑森身後，保持約莫半公尺距離。

今日過來迎接岑森的集團高管很多，但也有那麼幾個老傢伙刻意沒露面，想讓年輕人瞧瞧這世道的紅橙黃綠藍靛紫。

一行人面無表情地往裡走，進電梯時，突然有人幫忙按了樓層。

「岑總，我是黃總的祕書，姓于，您叫我小于就行了。黃總最近身體不舒服，一直在家休養，所以今天沒能來接您。」于祕書陪著笑臉，看似周到殷勤，身體卻站得很直。語氣軟和，可也透著股不難察覺的高高在上，用的還是東道主口吻，「黃總還特地交代了，讓我務必好好招待您，您有什麼想看的想要的，知會我一聲就行。」

空氣一瞬靜默。

周佳恆站在電梯側邊，身體微低，伸出右手為岑森開路。

等岑森進了電梯，周佳恆才轉身，對于祕書說：「黃總年紀大了，身體不舒服也是正常現象。于祕書，麻煩你轉告黃總，請他老人家安心養病，以後有時間可以在家多養養花種種草，集團的事情，他老人家就不用操心了。」

「岑總這次回來，會全面接管君逸，像黃總這樣在集團立下過汗馬功勞的功臣，岑總會盡全力為其提供最優質的退休生活。」

最優質的退休生活？

于祕書怔了怔，一時沒反應過來。

只不過周佳恆說完，也沒什麼等他接話的意思，整了整衣襟徑直走進電梯，站到岑森側後方，將樓層改為了六十八樓。

電梯門慢慢闔合，岑森站在正中，神情溫和又淡漠，至始至終都沒給這打先鋒的于祕書半個眼神。

✕

一行人到達六十八樓被閒置已久的董事長辦公室。

助理之一動作俐落地在門上貼好臨時名牌；另有兩名助理分工配合，在辦公室內測量並記錄各項資料，以便佈置岑森慣用的桌椅用具；總助周佳恆打開手提電腦，通過公司內部網路，向全體員工下達了一份早早擬好的通知——

「經集團領導研究決定，自今日起，岑森先生將由原海外開發部總監兼君逸澳洲集團總裁調任為君逸集團總裁，請各部門積極配合岑森先生調任的各項工作，望在岑森先生帶領下，君逸集團能夠邁上一個嶄新的臺階。」

落款簽名是董事長岑遠朝。

與此同時，辦公區域內的電腦接連傳出新郵件的提示聲響。

收到這封通知，整個公司都炸了。

「岑董身體是不是真不行了？那位才二十七吧，二十七還是二十八？也太年輕了。」

×

傍晚下班，君逸市場部某小組組織部門聚會。

本來每至週末，大家都很有默契地希望回歸私人生活，同事路上相遇也最好裝陌生人，招呼都不要打。

可今天因為岑森的現身，君逸內部顯得特別躁動，下班後還不少人約著喝點小酒，聚眾八卦。

「年輕怎麼了，人家哈佛畢業，二十二歲就主持了思康的併購案，當時那併購案把劉副董都弄得特別上火，可人三兩下就被解決了，那叫一個俐落。」

「我知道他厲害，水雲間不也是他做起來的嘛，只是……直接接管集團，總覺得有點太年輕了。」

另一女同事插話道：「我覺得不是太年輕的問題，是太帥的問題，長得像明星似的，總覺著不靠譜。」

有人樂了，「帥還不好啊，難不成你樂意天天看余總那臉？」

余總是他們市場部經理，長相是出了名的意識流，大家私底下時不時就開玩笑調侃。

此刻包廂內也因這句話哄堂大笑，氣氛陡然變得輕鬆起來。

「那他有女朋友了沒？長這麼帥不搞辦公室戀情多可惜。」有女同事順勢調侃。

男同事輕嗤，開口便毫不留情戳破了剛剛升騰的粉紅泡泡，「還女朋友，人家早結婚了。」

「結婚了？」

「不是吧怎麼沒聽說過。」

「他老婆是誰？」

「這麼年輕就結婚，不可能吧。」

眾人七嘴八舌。

八卦達人貢獻真料，「他老婆是季家千金。」

「什麼季家？」

「就季氏的那個季家，最早是做華禾電子，老品牌了，也不知道你們有沒有聽過。季氏現在業務範圍擴張得蠻大的，房產啊互聯網啊的都有涉足，明禾地產你們總知道吧。」

提到明禾地產，眾人恍然大悟。

ⅹ

「……你知道嗎？他竟然叫我三跪九叩跪去布達拉宮，你敢相信這是一個男人說出來的話？我活了二十多年從來沒見過這種男人，你竟然還誇他，你簡直是對他這人的刻薄一無所知！我上輩子是造了什麼孽……咳！咳咳……」

水雲間的人蔘私湯內，被君逸員工們議論的季明舒正裹著浴巾瘋狂吐槽，她語速太快，被嗆了下，下意識按住池邊石塊不停咳嗽。

谷開陽足足聽她辱罵了一刻鐘，肚子都笑疼了，遞衛生紙給她的同時，自己也扯了一張擦眼淚。

湯池水溫剛好四十度，不算很熱，可季明舒情緒激動，泡了沒一會兒就覺得喘不上氣，「不行了，不泡了。」

她起身，換了條乾浴巾包裹身體，邊挽長髮邊往池邊走。

這眼季明舒專屬的人蔘私湯在水雲間湯池園的最深處，依池建造了小巧的亭閣，簷角掛有雕花宮燈，四周古意屏風環繞。白日可見綠樹花草，夜裡則是朦朧水霧與暖黃燈光交錯，兩番景致，各有意趣。

守在屏風外的服務人員聽到動靜，取浴袍的取浴袍，遞茶的遞茶。

沒過多久，谷開陽也跟著出來了。兩人一起去沖了淋浴，而後又聊著天往ＳＰＡ中心晃蕩。

路過貴賓休息室時，谷開陽忽然停步，屈起手肘撞了下季明舒，揚起下巴示意，「蔣純。」

季明舒稍頓，順著谷開陽的目光望了過去。

服務員正在上水果沙拉給蔣純，微屈的身體阻隔了大半視線。饒是這般，蔣純也眼尖地從間隙裡看到了她倆，還很不怕事地主動喊了她倆名字，「季明舒，谷開陽！」

季明舒笑，和谷開陽默契交換眼神，邁開長腿，閒閒地往裡走。

「蔣小姐，稀客啊。」

季明舒大大方方坐到蔣純身邊，雙腿側著交疊，毫不見外地拿起小銀叉，在水果沙拉裡挑揀出一小塊黃瓜。

蔣純上下打量季明舒和谷開陽的打扮，忽然想起件事，難怪剛才她拿私湯年卡和君逸黑金卡都不能在園裡暢行無阻，原來那個湯池，是季明舒的。

她也插起一塊水果，皮笑肉不笑道：「好久不見，聽說你老公回國了，昨晚陪蘇程去零度的晚宴，還買了條項鍊？那項鍊一百二十萬頂天了吧，你老公抬了四倍還不只，真是大方。」

季明舒雲淡風輕，「沒辦法，我們家阿森一向比較熱心公益事業。」

我們家阿森……

谷開陽和蔣純都被麻出了一身雞皮疙瘩。

季明舒又衝蔣純遺憾假笑，「你昨晚沒去真是太可惜了，哦對了，你昨晚怎麼沒去？」

蔣純剛冒出來的雞皮疙瘩都縮了回去，表情也瞬間凝固。

前不久蔣純為了坐某品牌國內首秀前排，眼都不眨下了四百多萬的訂單，還處處炫耀和品牌方的友好關係，想在那群看不起她的名媛淑女裡揚眉吐氣。

可秀還沒辦，品牌就因嚴重抄襲問題被數位時尚界泰斗聯合抵制。

品牌方態度還很傲慢，間接扯出一片瓜田，事情擴散發酵，鬧得沸沸揚揚路人皆知，最後名聲臭了，秀也沒辦。

其實時尚圈很少替人扣抄襲帽子，大多只解釋為流行、經典、類似創意，這品牌能把自己搞到與「抄襲」二字緊緊鎖在一起也是十分不易。

蔣純氣瘋了，接連三天打電話瘋狂辱罵品牌方，可怎麼也退不回已經下過的訂單。

因為這事，她鬧了好大笑話，近來也只好低調，鮮少在人前露面。

這時冷不防被戳到痛處，蔣純將新學的禮儀忘得一乾二淨，水果咬得嘎嘣嘎嘣響，還面無表情蹦出一句：「沒空。」

好在這時，她未婚夫嚴彧傳來訊息問她在哪，說要來接她一起吃晚飯。

她面色多雲轉晴，朝季明舒晃了晃手機，聲音中帶點幼稚的優越，「嚴彧要來接我用晚餐，我就不奉陪了。對了，岑總今天怎麼沒陪你？」

季明舒什麼秀恩愛的女人沒見過，她不以為然地撩撩長髮，恰到好處露出脖頸側邊的紅痕，手托下巴甜蜜道：「他工作忙，一般都是晚上陪我。」順便拋了個曖昧的媚眼給蔣純。

蔣純被哽得半晌沒說出話。

✕

「你老逗她幹什麼，她比你們那圈塑膠姐妹花可有趣多了。」

蔣純走後，谷開陽擺弄著吸管，斜睨季明舒。

季明舒撥弄著頭髮閒道：「就是因為有趣啊，你不覺得她特別像一隻一擺一擺氣嘟嘟的企鵝嗎？好可愛。」

谷開陽一頓，白眼都不知道從何翻起。

逗完蔣純，又做了個全身SPA，季明舒的心情比泡溫泉那時候好了不少。

不同於剛剛向蔣純張口就秀那般，季明舒和岑森實際上聯繫得很少，不管在國內國外，兩人都不大會主動去找對方，更不消說晚上陪不陪的，通常在家碰面還得看有沒有緣分。

岑森一大早的開罪，讓季明舒連這點緣分都不想牽扯。

她整個週末都沒回明水，就在市中心的公寓瀟灑自在，順便琢磨著改了改設計圖紙。

不得不承認，岑森那番嘲諷打擊到了她的自尊心，她反覆回看圖紙還有零度晚宴的現場照片，突然慶幸，在這種場合，室內設計師通常沒有姓名。

岑森也沒回明水公館，他剛回國，應酬紛至遝來。而且，公司那一齣好戲剛剛開始，主角怎麼好提前離場。

※

週一，自岑森那封接管集團的調職通知後，君逸員工們又收到一枚重磅炸彈。

公司內網毫無預兆地公示了數十位高層的人事變動通知，其中就包括岑森回公司那日，自己沒有出面，讓祕書來下馬威的現任總經理，黃鵬。

而這些所謂的人事變動，說得簡單明瞭一點，就是開除。

六十八樓總裁辦公室外，一早便站了一排黑衣保鏢。

今日君逸奇觀——

數位高層怒髮衝冠殺到總裁辦討說法，最後都被保鏢毫不留情地拖出門送進電梯。

有的高層宛若失智，被拖出去後，全然不顧平日高高在上的形象，挨層挨層當著員工的面咒爹罵娘，撒潑姿態十分難看。

人大概都是不痛在自己身上不長記性的奇怪生物，若有幾年前的南岑旁支米蟲還盤踞公司，一定對今日場面見怪不怪。

真要對比起來，今日岑森下手還稍顯溫柔，畢竟上一次，他是直接讓保鏢將人扔出了集團大樓。

最後一位蒞臨總裁辦的是黃鵬。

黃鵬這名字乍一看比較圓潤粗獷，但他本尊身形清瘦，眉目溫和，穿著打扮也很有格調。近耳順之年的人了，保養得還像是四十出頭正當盛年的美大叔，與風度翩翩儒雅斯文這樣的讚美十分合襯。

「黃叔，坐。」

岑森溫和有禮請他入座，黃鵬卻很難擺出往日那種一切盡在掌握之中的從容姿態。他站得直，聲音裡也有壓不住的冷硬，「不敢，我和岑總怕是攀不上這門叔侄交情。」

「黃叔這是哪裡話。」岑森微微後仰靠上椅背，聲音仍是溫和，「黃叔是為君逸立下過汗馬勞的功臣，小時候父親訓我，您還擋在前面維護，因公因私，這聲黃叔，您都擔得起。」

黃鵬聽到這話，目光略移，雙手背在身後，淡漠道：「你要真當我是叔，今天又怎麼會有這樣的局面。」

岑森這番大動作，剪的都是他的羽翼。

兩人心知肚明，倒也確實無甚必要多打機鋒。

岑森神色平淡地打開手邊一份文件，並著取下筆帽的鋼筆，一起往前推了推，「您知道的，今天的局面不是偶然。況且，退休是好事，我記得黃叔的園子打理得很好，有更多時間的話，想必能打理得更好。」

他今天只穿了件量身修裁的深色襯衫，抬手整理衣襟時，隱約可見他腕上的銀色方形袖釦，和這辦公室裡新添的黑白灰金屬元素一樣，襯得他整個人都冷冰冰的。

黃鵬聽到後半句，目光霎變，銳利如鷹隼，說話的氣勢似乎也回來了些，一字一句往外蹦，「你還真想讓我也一起走？」

岑森不避不讓，只另往前推了份文件，「黃叔可以先看看這個。」

黃鵬銳目略掃，隱有不好預感。僵持片刻，他還是往前邁步，拿起那份文件翻閱。

越看，黃鵬臉色越是繃不住。

岑森垂著眸，不疾不徐道：「私自挪用公款，出賣商業機密。黃叔，您不會不知道，這些事情追究起來，是什麼後果。」

「你怎麼會……」

黃鵬忍了又忍，可說話聲音還是止不住顫動。一時之間他根本想不通，這些極為隱密連他得力親信都不知道的事情怎麼會被岑森查出來，而且證據還這般詳實。

岑森沒回答，指骨在文件邊緣輕敲，「黃叔可以好好考慮一下。」

黃鵬眼睛略往外瞪，一眨不眨，站那好半天都沒動。

也不知過了多久，剎那間五感盡失的他才慢慢恢復知覺。

他是聰明人，看清局勢也不過分秒，這時他直直看著岑森，同時也緩慢地拿起了鋼筆。

只不過他腰不肯彎，在文件末尾落下簽名的時候也看都沒看。

岑森沒有避讓他的視線，待周佳恆確認完簽名，他清淡道：「多謝黃叔配合，黃叔放心，我會盡全力保證您最優質的退休生活。」

黃鵬額頭隱約暴起青筋，嘴角不甚明顯地抽動了兩下，他什麼也沒再說，只往後轉身，一言不發離開了辦公室。

雖然至始至終都沒彎腰，但他離開時的背影似乎已經不如進來時那般挺拔。

待人走遠，周佳恆上前，好像剛才無事發生般，向岑森匯報道：「岑總，星城城北那塊地金盛同意轉讓，而且陸董降了五個百分點，我已經備禮讓人送去金盛，法務部在走合約，預計這週可以簽約。」

岑森平靜點頭。

「這是這週調整過後的行程安排，您過目一下。」周佳恆將平板遞過去，「還有，南橋西巷那邊打電話過來，讓您和夫人今晚過去用晚餐。」

岑森掃了眼平板，又點了下頭。

不知想到什麼，他忽然問：「夫人在家？」

周佳恆眼觀鼻鼻觀心，「在柏萃天華。」

柏萃天華是平城有名的飯店服務式公寓。在平城這種寸土寸金的地方，高昂房價並不稀奇，柏萃天華之所以能做到眾人皆知，靠的還是它所打造的圈層文化理念。

柏萃天華開盤之初，便有對購房者資質審核甚嚴、拒絕過多位明星購房需求的傳聞傳出。當初是真有其事還是樓盤炒作已經很難求證，但如今，這裡還真被成功打造成了區塊鏈權貴的聚集地。

季明舒在這的公寓是她二伯季如柏送給她的新婚禮物，佔據柏萃天華頂樓整整一層。一面是近二十公尺長的圓弧形全景落地窗，一面是如空中樓閣般的寬闊陽臺，平城南面風光一覽無餘。

季明舒在陽臺養了很多花草小樹，明明是自己都不知道怎麼照料自己的溫室花朵，養的花草樹木卻野蠻生長出了奇異花園的架勢，張揚又鮮活。

岑森到柏萃天華樓下的時候，季明舒剛好改出一張滿意的設計圖紙。

她拿著圖紙反覆欣賞，恨不得打電話給谷開陽讓他們立刻馬上重新舉辦一場晚宴，再將岑森按至現場，讓他睜開狗眼看清楚季大小姐的真實水準到底有多麼驚天動地出神入化！

反覆欣賞一百八十遍後，季明舒才滿足起身，抻了個懶腰，踩著一地狼藉去為浴缸放水。

一個人住不用那麼規矩，她特意將浴缸擺在了陽光房裡。

等水放好，她隨手打開音樂，拉上臨窗那一面的窗簾，將整個人都浸入溫熱水中。

×

在樓下，岑森打了兩次電話給季明舒，通是通了，但無人接聽。

等上了樓，他又耐心地按了一分鐘門鈴，裡頭半點響動也無，他這才刷卡開門。

怪就怪在房子隔音效果太好，在外一片寂靜，打開門，裡頭卻傳出了震耳欲聾的重金屬音樂聲。

岑森站在門口，有一瞬間，以為季明舒這位大小姐青天白日都不甘寂寞非要找一堆低智商生物在家開趴。

等看清眼前亂糟糟卻空無一人的屋子，他又聽到混在音樂聲中饒舌歌手失了智般的激情開嗓：「Hey boy, look at me！」

「……」

岑森循聲望去，只見季明舒坐在滿池泡泡中央，一手拿著擴音器，一手高舉，擺出嘻哈的手勢不時往上頂。

「季明舒是仙女！」

「仙女！仙女！」

「顛倒眾生的仙女！」

「仙女！仙女！」

雖然沒有一句跟上節拍，但她挺會炒氣氛，自己唱完一句，還頗為生動地模仿觀眾應和一句。

岑森被迫欣賞了三十秒。

當他以為這一段致命的激情說唱已經尬完的時候，饒舌歌手．季用創作實力告訴他，一切還只是一個開始。

「季明舒是仙女！」

「仙女！仙女！」

「讓你裙下稱臣的仙女！」

「仙女！仙女！仙女！」

「你睡不到的仙女！」

「仙女！仙女！」

「你的取向狙擊！狙擊！」

一句「取向狙擊」伴隨瞄準開槍的手勢完美收尾，空氣卻在這一秒陷入靜寂。

隔著陽光房的玻璃，季明舒彷彿看見岑森臉上冷漠地寫著一行字：哦，我睡到了。

✕

這世界上最尷尬的事情不是浴室自嗨被不熟的老公撞見，而是浴室自嗨被不熟的老公撞見後，還要裝作無事發生般讓不熟的老公幫忙拿貼身衣物。

這直接導致了回南橋西巷的一路分外沉默。

岑森被季明舒尬到有點晃神，在車上想看份文件，可一打開，眼前就有流動彈幕在重播季大歌手的曠世傑作。

至於季明舒，大概是被自己尬到說不出話，全程閉眼，腦袋也側向窗戶那邊。

到了南橋西巷，一路無話的兩人不知怎地又雙雙拾起自己的演員本能，默契挽手笑容可掬，儼然是對恩恩愛愛小夫妻。

尤其是季明舒，得知要來這邊，特意穿了條平日不大碰的樸素粉裙，口紅顏色淺淡，渣女大波浪也被短暫燙直紮成了乖順馬尾，一副賢良淑德二十四孝的好媳婦模樣。

巷子路窄，車開進去不好停，季明舒和岑森就在路口下車，挽著手往裡走。

周佳恆跟在後面提禮物，時隔兩年再見這對夫妻的變臉神技，他還莫名生出了些許親切之感。

走至門口，季明舒便迫不及待招呼道：「爺爺，奶奶！」

她在長輩面前向來嘴甜，進門看見一家人忙著在涼亭置辦席面，眼都笑彎了。

岑老太太看見她，也不自覺跟著笑，「哎喲，小舒來啦！」

她將手裡的碗筷交給周嫂，又講究地擦了把手，這才握住季明舒，輕輕拍了拍她的手背，「今天你可有口福了，我啊特意下廚，做了你最愛的紅燒小排骨！」

「您親自下什麼廚，讓我看看，」季明舒握著岑老太太的手上下打量，心疼道：「怎麼都瘦了？我才多久沒來看您，是不是哪不舒服？」

「瞎操心什麼，我好得很呢！最近天熱，衣服減下來了，就顯得瘦了，你們年輕人說的那個……叫什麼，視覺效果！」

岑老太太說話中氣十足，很有精神，確實不像身體不好的樣子，季明舒這才鬆了口氣，稍稍放心。

季明舒從小就人美嘴甜，開朗活潑，特別能討長輩們的歡心。

岑老太太也是看著她長大的，完全把她當自家小孫女，前幾年小女生嫁到自個兒家裡來，她笑得合不攏嘴，逢人就炫耀自家討了個稱心的孫媳婦。

反倒是岑森這嫡親孫子，已經懂事的年紀才半途回家，這麼些年都是表面溫和但實際冷情的性子，岑老太太也不知道該怎麼和他親近。

喜歡有，心疼有，愧疚也有，就是相處起來，總有點說不清道不明的距離。

不只岑老太太，整個岑家的人和岑森都不如和季明舒親近，隨著他年紀漸長獨當一面，眼下更有接任岑氏一族新掌門人的意思，晚輩甚至還有點怕他。

吃飯的時候，小表妹夾菜不小心碰到了岑森的筷子，竟然慌裡慌張脫口說出了句「對不起」，場面頓時安靜。

季明舒也怔了怔，目光在小表妹和岑森之間逡巡，有一瞬間產生了——這狗男人是不是對小表妹做了什麼禽獸不如的事情以至於人家怕他怕得和小雞一樣——的離奇腦洞。

岑森沒在意這小插曲，還很溫和地幫小表妹夾了一塊排骨，做足了體貼兄長的模樣。

可惜小表妹年紀小，不大懂得掩飾，僵硬地笑了笑，並不敢吃。

今天是尋常家宴，人雖到得不齊，但也坐滿了一桌，裡頭有怕岑森的，自然也有不怕岑森的。

見場面冷，他小姑岑迎霜便開了個話題，「對了小舒，你上次到我家幫我改的那幾個地方，我朋友見了特別喜歡，她最近在美國買了棟房子，想找個室內設計師好好設計一下，收費啊預算啊，這些都不是問題，就是不知道你最近方不方便。」

「方便，當然方便，我最有空了。」季明舒一口應了下來，還順口說了句俏皮話，「我就喜歡小姑你介紹的這種朋友，還能賺點零用錢買包呢。」

「哎喲，你這話說得，阿森包都不捨得買給你啦？」岑迎霜打趣。

季明舒順勢往岑森那側靠了靠，甜蜜道：「阿森賺錢也很辛苦，不能總讓他養著我嘛。再說了，我閒著也是閒著，找點事情做也挺好。」

聞言，岑森轉頭，和季明舒眼含笑意對視了三秒。

來了，來了，那種「你這招人疼的小寶貝我該拿你怎麼辦才好」的眼神又來了。

季明舒有時候也挺佩服這狗男人的，長輩面前裝深情寵溺的演技竟然和她不相上下。

等對視結束移開視線，她不自覺地起了一身雞皮疙瘩。

「阿森，這就是你的不對了，」岑迎霜自動遮罩兩人表演，小嘴叭叭地擺出長輩架勢指點岑森，「你現在也回了君逸，小舒平時閒著無聊，那你可以安排她進公司多學習學習，發揮發揮自己特長的呀。」

發揮特長？

如何讓集團原地破產嗎？

岑森停頓片刻，溫聲道：「我養著小舒就好，養她也是我應該做的。」

——大型情景劇《恩愛夫妻》第一場第三幕，咔。

也許是小年輕的甜蜜恩愛辣到了大齡單身女博士的眼，岑迎霜起身上了個洗手間。

回來還沒坐穩，她忽然又盯著岑森打量。

緊接著她像是發現新大陸般，放下筷子問：「阿森啊，你這頭髮怎麼長這麼快？前兩個禮拜明舒發動態，你頭髮還這麼短的呀。」她用拇指和食指比了個長短。

「咳！咳咳！」

季明舒正在喝湯，猝不及防嗆了下，差點咳到當場去世。

岑森十分貼心，一邊幫她拍背，一邊餵她喝水，還拿衛生紙幫她擦了擦唇角。

坐在旁邊的幾人也關切地問了季明舒幾句。

季明舒緩過神來，嘴上說著沒事沒事，心裡還沒來得及慶幸那要命的話題被帶了過去，岑迎霜又發揮出女博士求知若渴的科研精神，將剛剛的問題換了個語序又問了一遍。

她甚至還翻出季明舒的動態，在岑森和圖片之間來回對比打量，嘴裡念念有詞新奇道：「真的長得快欸，按圖片比例你這十四天起碼長了兩公分，正常人的生髮速度應該是一個月一公分，你用了什麼生髮素嗎？年紀輕輕的用生髮素幹什麼？什麼牌子的，效果這麼好，我也介紹給我們所的幾個老禿頭試試！」

岑森不著痕跡睇了眼季明舒。

季明舒低頭，兩耳不聞飯外事，一心只吃燒小排。

畢竟她也不懂小姑這麼心細如髮且富有鑽研精神為什麼看不出圖是合成的。

這兩年岑森一直在澳洲，忙得連春節都不回國。

季明舒作為岑太太，成天無所事事滿世界旅行，如果不經常去澳洲看望自己丈夫好像也穩不住恩愛夫妻的人設。

可她也是真的不想和岑森這塑膠老公有過多自找上門的交流，所以左思右想之下，她找了個修圖師幫忙合成同框圖，然後再定期發一則岑家人可見的動態，營造出她經常飛澳洲看望岑森，兩人蜜裡調油的虛假繁榮。

這樣傳了兩年都沒翻船，甚至到了此刻，小姑發現岑森頭髮離奇猛長也沒質疑圖片真假，好像也側面證明了她找的修圖師技術高超毫無破綻物超所值？

想到這，季明舒竟然有點欣慰。

大約是老老少少坐了一桌，岑迎霜起的話題在這種場合顯得太無厘頭，未等岑森應答，岑老爺子便威嚴道：「食不言寢不語，你書讀得多，怎麼越來越沒規矩。三十多的人了還像小孩似的，難怪嫁不出去！」

岑迎霜：「……？」

剛剛大家不還劈哩啪啦都說得熱鬧嗎？怎麼到她這就食不言寢不語了？再說了這和她三十多歲沒嫁出去有什麼關係？這一家子還歧視上大齡未婚女青年啦？

岑迎霜覺得自己無辜，張嘴就想辯解。

岑遠朝卻適時睇了她一眼，示意她別頂嘴。

別人的話岑迎霜都不太聽，但岑遠朝這大哥的話還是很管用的，她忍了忍，默默把醞釀好的小論文憋了回去。

因著岑老爺子發話，這一頓飯後半程吃得很是安靜。

晚飯結束，岑老爺子叫了岑遠朝和岑森上樓談話，餘下的人留在涼亭陪岑老太太聊天乘涼。

直至夜幕星點降臨，岑家祖孫三代男人的談話才算結束。

入夜光線昏暗，季明舒和岑迎霜說說笑笑，一時也沒注意岑森出了屋子。等到岑森走上涼亭臺階，她眼角餘光才瞥見他的身影。

哪想岑迎霜正說到興頭上，一下也忘了家裡的忌諱，「……我還真沒見過比你更愛尿床的小女生，我想這些事你都不記得了。就有回你家沒人，你跑我們家看動畫，看著看著睡著了，還尿在了沙發上！岑楊最愛乾淨了，嫌棄得要命！他把你拎到床上，硬是自己拆了沙發套洗了，哈哈哈哈哈……」

岑迎霜冷不防提到「岑楊」的時候，大家都沒太反應過來。等反應過來，大家也陸續注意到了踏上涼亭的岑森，一時只覺夜風甚冷。

季明舒在第一時間便朝岑迎霜遞了眼色，奈何岑迎霜說得太過盡興沒有注意。她嚴重懷疑，小姑這是物理研究搞多了，想換個方向在「哪壺不開提哪壺」大賽上衝刺一下獎項。

✕

離開南橋西巷的時候不過八點，夜色已經深濃。

坐在車後座，季明舒難得有種不自在的感覺，她扭頭看向窗外，又忍不住通過窗戶倒影悄悄觀察岑森的神色。

可岑森靠在椅背上，側影太薄太淺，她不自覺地也往後靠了靠，腦袋緊貼椅背……

下一秒，她毫無防備地在車窗上和岑森四目相對。

這一眼對視給季明舒帶來的尷尬絲毫不輸幾小時前岑森撞破的浴缸嗨歌。

岑森好像和她想到一起去了，忽然問：「看我幹什麼，讓人裙下稱臣的仙女。」

他說「讓人裙下稱臣的仙女」這九個字時，語調很平，但又有很短暫的字間停頓，有點像高中那時候背古文，只不過他的生澀複述本身就帶著一種似有若無的羞辱感。

季明舒反應稍慢，一時也沒想到怎麼接話。

岑森也不知道哪來的閒心，又說：「稱呼沒叫對嗎，或許你更喜歡顛倒眾生的仙女？」

季明舒：「……」

她這人就是太好心才會幻想岑森這種人冷嘴賤的衣冠禽獸會因為複雜的家庭關係有片刻鬱鬱。

她身體坐直，面無表情道：「會說話你就多說點。」

岑森沒有如她的意，視線漠然轉回前方，徑直吩咐司機回明水公館，一路沒再開口。

明水公館分為環水別墅區和湖心別墅區，岑森和季明舒所住的第十三棟正是湖心別墅，有專門修建的寬闊橋樑通往私家停車場，橋邊還設有保全亭，有保全人員二十四小時輪班站崗，安全性和私密性非常好。

車甫一停下，季明舒就拉開車門率先下車，緊接著頭也不回「噔噔噔」走遠了。

她的背影婀娜有致，還很有氣場。隱形人周佳恆默默在心底評價一字：颯。

季明舒回到家，快步上至二樓，鎖好臥室房門，還在想岑森等會兒來敲門的時候會不會說幾句軟話。

可等她卸完妝，樓下也沒聽見半點動靜。

她走到陽臺，恰巧看見岑森的座駕緩緩駛出湖心別墅，緊接著，一輛低調的 Passat 也跟著駛出。

開 Passat 的是岑森的貼身保鏢。

他的保鏢素來是三班輪值二十四小時寸步不離的。

也就是說，他走了？

後知後覺反應過來，季明舒立馬打電話過去質問：「你去哪？」

岑森聲音清清淡淡，「我還有個應酬，你先休息，不用等我。」

「……？誰要等你？」

有一瞬間季明舒以為自己聽岔了，這狗男人還指望她做純情的望夫石嗎這是？他怎麼就這麼敢想，真是服。

她毫不留情地掛了電話。

可掛完後她又開始後悔，掛這麼快幹嘛，他該不會誤以為她這是心虛吧？

她越想越覺得可笑又可氣，「臭不要臉，長得不怎麼樣，想得倒還挺美！」

碎碎吐槽完，她扔下手機，回浴室敷面膜。

敷著敷著，她忽然一頓：不對，他好像也不能劃進「長得不怎麼樣」的範疇。

首先他是真的不屬於這個範疇，其次如果非要把他劃進這個範疇，豈不是在侮辱她自己的審美？

這麼一想，更氣了呢。

✕

另一邊，將季大小姐送回明水公館後，岑森又吩咐司機開往和雍會。

和雍會是私人會所，坐落於瑞英路的領事館舊址，相較於其他的高檔會所，它比較特別的一點是不開放入會申請，只會主動向他們覺得達標的會員拋出橄欖枝。

岑森晚上在這有個局，約了合作方談西郊景區的配套飯店開發事宜。

正是華燈初上之時，整個平城在昏暗夜色裡泛起了瀲灩燈火。遙望長安，東風夜放花千樹，這座城市好像總帶些熱鬧又孤寂的美感。

岑森沒往外看，回國後一連多日應酬，鐵打的人也會感覺疲累，他雙手低低地環抱在身前，靠在椅背上闔眼休息。

也許是因為大腦始終處於高速運轉狀態，這時想要短暫放鬆也很困難，他腦海中不受控制地跳過很多畫面：

一時是年幼的小表妹驚慌著說對不起，看著碗中排骨不知所措，惶惶又稚嫩；一時是岑老太太對著季明舒笑容滿面，轉頭看他卻下意識多了幾分客氣疏離；還有小姑岑迎霜提起岑楊時，滿涼亭心知肚明的寂靜。

那一瞬間，他忽然想起幼時從星城輾轉平城，第一次走進南橋西巷時的場景。

也是這樣，很多人，很安靜。

有些事已經久遠得像發生在上個世紀，大家有默契地緘口不提，不是因為它已經過去，而是因為，它永遠也過不去。

周佳恆坐在副駕，看到後視鏡裡岑森眉頭微蹙，休息得不甚安穩，他自作主張，調出首輕柔舒緩的小調。

窗外交通燈由紅轉綠，和著昏黃路燈斜斜打在半開半掩的車窗上，像是懷舊的光暈，朦朧跳躍。

岑森久違地有了些些睡意。

可不知怎地，他腦海中忽然又蹦出季明舒在浴缸裡唱歌的樣子，一想起那個畫面，那幾句自編自嗨的說唱歌詞也像配套設備般開啟了3D環繞模式的循環播放。

星點睡意倏然消散，他揉了揉眉骨，莫名輕笑。

✕

入夜風涼，站在和雍會門口，張寶姝抬頭看了眼銀光流動的門頭，不自覺攏了攏手臂，輕輕瑟縮。

她今天是被臨時抓壯丁，代替經紀人手下一位出了突發狀況的知名女星前來應酬。

經紀人千叮嚀萬囑咐要她好好把握，可出門前又顛三倒四地和她說，不會說話的話就少開口。

那不開口還怎麼好好把握？張寶姝有些不解，又有些納悶。

和雍會等閒難進，有了張大公子點頭，穿旗袍的女侍應才笑盈盈地引她上樓。

她捏緊包包肩帶，不動聲色地好奇打量。

也許是因為和雍會的前身是領事館，裡面裝潢中西交融，既有小橋流水潺潺，也有留聲機和油畫，神奇的是，置身其中，並不會有半點違和感。

她要去的包廂在三樓，有個雅致的名字，叫「南柯一夢」。

有錢人很喜歡取這種雲山霧罩的名字用以展現自己的品味不俗，張寶姝並不意外。

包廂門推開，室內寬闊，一眼望不到全域。

入目是帶自動旋轉盤的大理石圓桌，上頭有精緻餐具和飽滿欲滴的鮮花，半扇屏風圍擋，燈光往裡變得朦朧幽暗，裡頭間或傳來幾聲交談。

張寶姝走近時正好聽到低低一聲，還略帶笑意，「張公子，承讓。」

張公子也笑了聲，「記牌我不如你。」

一把沒出完的牌被蓋在桌面，混合其他牌洗到了一起。

見張寶姝來了，張公子稍一挑眉，也沒太拿她當回事，邊洗牌邊隨口吩咐，「幫岑總點根菸。」

岑總？張寶姝下意識看了圈。

在場六個男人，三個坐著三個站著，站著的看起來不像正主，坐著的除了她知道的張公子，另有 位中年男人，不過人家身邊已有女伴，還是同行熟臉。

剩下那位……

張寶姝看清他的面容，驀地一怔。

這不就是零度晚宴那晚，幫蘇程那條珍珠項鍊抬價的男人？

她記得的，叫岑森。

見她半晌沒反應，張公子不耐皺眉，「還愣著幹什麼，點根菸你還要先沐浴焚香麼？」

張寶姝回神，忙彎腰去拿桌上菸盒，這菸盒也是她沒見過的，揭不開推不開。

岑森轉頭，很淺地掃了她一眼，抬手稍擋，「不用，謝謝。」

張寶姝一時不知如何是好。

張公子看不過眼，伸出手指點了點，「添酒啊。」

「……」

張寶姝慢一拍，又很被動地去拿洋酒瓶。

她平日還算機靈，不然經紀人也不會這麼快給她機會，可今天也不知道怎麼回事，莫名地手忙腳亂慌裡慌張。

另外兩名女伴看她的眼神都有些嘲弄，張公子的女伴更是特意選擇在這時候展現自己的善解人意，翹起手指幫張公子揉額角，一圈一圈打著旋，酒紅跳銀色亮片的指甲在燈光下粼粼閃動，分外惹眼。

張公子一邊享受著溫柔細心的服務，一邊熟練地切牌發牌，還懶懶散散道：「岑總，這別怪我啊，本來我是想讓辛芷慧過來的，可她經紀人說航班延誤了，回不來，非塞這麼一個小女生給我。說是電影學院學生，剛演了部什麼校園片，還說人清純伶俐，不是，這哪裡伶俐啊。」

他轉頭問張寶姝，「你叫什麼名字來著？」

「張……寶姝。」

張公子樂了下，「呵，和我還是本家啊。」

「真名？」

一直沒怎麼說話的岑森忽然看她。

張寶姝搖頭，「藝名。」

「真名叫什麼？」

張寶姝有點難為情，吞吞吐吐沒吱聲。

岑森也不在意，目光移開了，又落到牌上，慢條斯理調整一手牌的位置。

他的手清瘦修長，握牌姿態也像在把玩藝術品。

猶豫半晌，張寶姝輕聲答道：「我真名叫，張燕紅。」

說完，她耳根紅了紅，自己也覺得這名字實在是土到掉渣。

果不其然，女伴們一聽就忍不住笑，張公子更是直接吐槽這名字像是上個世紀的丫鬟。

岑森倒沒如此反應，只淡聲說：「真名好，寶舒這兩個字不適合你。」

明明是極其清淡的口吻，那兩個字落在耳裡，又平添出許多溫柔情致。張寶姝一瞬怔愣，甚至都忘了去思考這名字為什麼不適合自己。

後半程男人談事，張寶姝聽不懂，也沒聽進去，就好像是鬼迷心竅般，心癢癢的，膽子也莫名大了起來。

幫岑森倒完酒，她又乖覺地坐到岑森身邊，時不時遞遞東西，當是幫襯。

張公子先前看不上她，這時倒遞來個「還挺懂事」的眼神。

✕

西郊景區配套飯店開發的主動權在君逸。

岑森回國接管集團後，對集團目前開展和待開展的一眾項目做了調整，像西郊景區的飯店專案，評估結果十分一般，對集團來說就是可有可無的雞肋，食之無味棄之可惜。

但對張公子他們的項目來說，知名高端飯店品牌的入駐，對景區服務水準和整體定位的提升不可或缺。

所以今天才有這場應酬，一方妄圖保持原態繼續合作，一方靜等讓利但笑不語。

酒足夜深，張公子說破了嘴皮子也沒從岑森手裡討到半分好，但合作不能中止，他不得已一退再退，到最後，退得剩條底褲還得對對方千恩萬謝——好像是求著人來賺錢似的。

岑森和從旁幫襯協調的另一投資方楊董都已先行一步離開，張公子扯了扯領帶，有些煩躁。

見張寶姝還扭扭捏捏扯著包包不知道該不該跟上岑森，他那把火燒得更旺了，衝門口揚了揚下巴，「跟上啊，你哪來的？什麼玩意兒？在這裡立什麼牌坊？！」

張寶姝又氣又怕，但也沒有頂嘴。都是姓張的，眼前這個「張」還輪不上她來得罪。

她小跑出去，正見車童彎腰，為岑森打開車門。

「岑總！」

她鼓起勇氣喊了一聲。

岑森腳步稍頓，略略抬眸。

張寶姝深吸一口氣，踩著高跟快步往前。

停在岑森面前，她捏緊包包背帶，略顯羞澀地問道：「岑總，不知道您方不方便送我一程？我沒有開車……不是，我沒有車。」

說完她又立馬補了句：「不方便的話也沒關係，那……我能和你加個通訊帳號嗎？」

岑森輕笑了聲。

張寶姝悄悄抬眼，卻發現他的目光是落在自己包上。

這只包是經紀人借她的，某大牌前兩年的款，顏色款型都很好看，當然價格也不是她這種剛進娛樂圈的小藝人能日常負擔得起的。

岑森也對這只包包的顏色和款型記憶深刻，婚前那夜，季明舒背的就是這只包。

那夜醒來，季明舒見身邊躺了他，氣得直接把包裡東西倒出來，將包罩到了他腦袋上，還拽著他腦袋讓他這個奪了她第一次的變態原地爆炸。

「岑總？」

張寶姝忐忑地又問了聲，還小幅晃了下自己的手機。

岑森回神，目光在她手機的通訊軟體介面上停頓了片刻。

張寶姝，原來不是那個舒。

他轉了轉無名指上的戒指，提醒得頗為直接，「不好意思，我已經結婚了。」

張寶姝稍怔。

一整晚都盯著他看，她自然不會遺落他手上的婚戒。只是他們這些男人，結不結婚的，又有什麼重要。

她下意識將岑森這聲提醒理解成了一種另類的暗示，雖然有些失落，但也在意料之中。

安靜片刻後，她自認為很有勇氣地抬起下巴與岑森對視，還直白道：「我不介意的。」

「我介意。」

張寶姝茫然地看著他，很是不解，「岑總你這是……什麼意思？」

岑森耐心告罄，想都沒想便說：「你們學校入學不需要學科分數嗎？這種理解水準，能不能看懂臺詞。」

岑森上車，還緩聲說了句：「長相氣質學歷背景沒有一樣比得上我太太，你不如洗把臉清醒清醒。」

第三章

遠在明水家中的季明舒並不知道，有生之年她那塑膠老公口中還能吐出一句對她的全方位讚美。

她今晚睡得很早，可睡前忘記調整加濕模式，房裡有些乾燥，睡著睡著就被渴醒了。

她迷迷糊糊起床，眼睛半睜不睜地，推開房門，赤著腳往樓下走。

平日住在柏萃天華，她的臥室就放有冰箱，晚上喝水就起個身的事，方便得很。

想到這，她又在心裡罵了罵岑森，問都不問把她塞回這裡，自己又跑出去應酬，簡直是不幹人事。

不巧，不幹人事的本尊正在這時回來。

只不過季明舒半睡半醒又渴得不行，下樓也沒注意他站在門口。

岑森晚上喝了不少酒，散局的時候就不大舒服，但他自制力強，醉了也是一副平和沉靜的模樣，旁人看不出什麼端倪。

在玄關換完鞋，岑森微偏著頭，看向中島臺那道纖細婀娜的背影。

他忽然覺得，自己剛剛對那位叫什麼姝的小明星漏說了兩個字：身材。

長相氣質學歷背景，她都比不上季明舒，身材也比不上。

婚後他不是第一次遇到別有用心的女人主動上門，也不是第一次俐落拒絕。

都是花瓶，已經有了最名貴最好看的那只，何必再收殘次品，他又不是專業收破爛的。

季明舒剛喝了半杯冰水，還沒來得及轉身，就忽然發現有一雙手從身後環上來，緊緊抱住了她。

她大腦當機三秒，放下水杯轉頭，又剛好被岑森堵住了唇。

他寸寸逼近，溫熱輾轉，呼吸間帶有酒氣。

季明舒想掙扎，他又伸手將她的雙臂反剪到身後一把扣住，另一隻手捏控著她的下頷，吻得更加霸道。

這是被人下藥了嗎？

季明舒不停尋找喘息間歇，原本腳還自由，可踢了兩下後，岑森乾脆將她抱到中島臺上坐著，下半身與臺面相貼，將她的腿也控制得緊緊的，不給她半分動彈餘地。

「……你變態吧你！放開我！」

過了大概有一分鐘，季明舒終於尋到岑森的空隙，她用力蹬了蹬腳踹了踹他，手也掙扎開，一把按住他的臉將其推遠。

岑森被推得往後退了小半步，季明舒也脫了力，坐在中島臺邊緣，重重喘氣。

一樓沒開吸頂燈，只亮了一圈暖黃燈帶。

在昏暗光線裡，她的煙粉色睡裙和雪白肌膚泛著淺淡光澤，唇卻水光瀲灩，整個人就像一隻豔麗又清純的女鬼，往外放著小鉤子，不自知地勾人。

岑森顯然就被勾到了。

他的手指反方向從下唇緩緩刮過，眼睛看向季明舒，忽然很輕地笑了下。

季明舒直覺不對，往後坐了坐。

可她也無處可躲，只能眼睜睜看著岑森上前，毫不費力地將她打橫抱起。

「你幹嘛！你放我下來！變態！」

上樓的時候，季明舒在岑森懷裡拳打腳踢劇烈掙扎。

只不過她向來是透過飲食來嚴格控制身材，並沒有經常鍛煉，掙扎得再厲害，對岑森來說也就是小貓撓癢的水準。他身上帶著酒氣，領口被季明舒扯得凌亂，漫不經心一笑，很有斯文敗類的氣質。

季明舒又撲騰了兩下，進房之前，她忽地一頓——菸味和酒氣中，隱約飄來了一絲熟悉的甜膩氣息。

她很快便聞出了是哪款香水。

仔細再聞了聞。

還真是。

這款香水在季明舒的認知裡屬於少女街香，商城裡轉一圈，聞到這味道的機率如果排在第二，那排第一的也只能香奶奶五號了。她念高中的時候噴過一次，當時還被朋友吐槽味道非常的綠茶婊。

「你在外面找女大學生了？哪來的香水味？你在外面找完其他女人又回來碰我，噁不噁心？」季明舒眼裡有掩飾不住的嫌惡。

岑森踢開虛掩的房門，將她扔在床上，而後又傾身，雙手撐在她的身側，將她圈在自己懷裡。

季明舒防備地往後縮了縮。

岑森低聲道：「幾年沒學數學，時間都算不明白了？送你回來到現在才多久？」

「……」

季明舒想了半天才想明白他這句話的意思。

不要臉得如此堂而皇之，真是世間罕見。可她愣是被這不要臉的神奇邏輯繞得半晌沒說出話。

岑森倒沒有再進一步動作，他起身脫下襯衫，徑直去了浴室。

季明舒盯著浴室的方向看了幾秒，又扯著自己睡裙聞了聞，惟恐身上沾了她不喜歡的煙酒和香水味道。

很快浴室便傳來嘩嘩水聲，季明舒躺進被窩，仔細想了想。

其實她和岑森結婚這麼久，對彼此也算有一定程度的瞭解。

岑森是那種對事業充滿野心和欲望，對女人和感情卻沒多大耐心的男人。

她覺得逢場作戲的事情可能有，但是在外面養人應該還不至於，畢竟維持一段不正當關係，對他這工作狂來說太耗費精力了。

想到這，她忽然自嘲般輕嗤了一聲，又記起結婚之前谷開陽對她恨鐵不成鋼的批判──「你對你老公的要求竟然就只有不要在外面養女人，養了也不要弄出事來丟你的顏面？！你有必要這麼卑微嗎？」

仔細想想，還真挺卑微的。

季家也算是平城實打實的名門望族，出身在這種家庭，她自小便看過太多，也深知越是富貴的地方，越能藏汙納垢，十分和諧的婚姻和家庭太過罕見，像她和岑森這樣的家族聯姻，能夠做到人前恩愛已經很不容易了。

她對岑森大體上還算滿意，人帥活好不黏人，錢還隨便她花。

睡前她還在想：一直這樣就挺好，餘生也不用相互指教了，就這麼瞎幾把過吧。

⤧

很快又到一年一度的巴黎秋冬高訂週，季明舒早早便收到各大品牌邀請。她從小就被帶著看秀，堆金砌玉地養出了不俗品味，在平城，她也算是走在時尚前端的風向標人物。

出發去巴黎前，季明舒在家裡風風火火地做了一系列準備。看什麼品牌的秀就要搭配一身什麼品牌的行頭，她不是明星，用於擺拍的機場造型可以省略，但下午茶晚宴以及她最喜歡的高珠展絕對不能省。

兩三天功夫，季明舒就收拾了七個行李箱。

其實對她來說，這還算是輕裝出行了，她還有做好的小裙子在高訂工坊，到巴黎直接穿去看秀就好。

又要出門揮霍，季明舒心情甚好，這幾天看見岑森也是笑咪咪的。

岑森不太理解這種屬於花瓶的樂趣，他只知道，每次季明舒容光煥發地去國外看秀，回來行李數量必然翻倍。

而且在此期間，他的簽帳卡會時時更新動態，彷彿在提醒他，有生之年他娶的這隻小金絲雀在敗家一事上恐怕是難逢敵手。

岑森大學畢業的時候，岑老爺子送了一架灣流飛機給他當畢業禮物，他坐得少，和季明舒結婚後，季明舒倒是挺會物盡其用。

深夜乘坐專機前往巴黎，季明舒在飛機上睡足了十一個小時，一覺醒來，巴黎的天剛濛濛亮。

機場有專車等候，到達飯店時，套房管家已經為她煮好了咖啡，備好了各式早餐，各大品牌的邀請函和禮物也被擺放成了一個心形。

房間是管家提前為她挑選的，完全滿足她提前訂製的各項要求，甚至準備了小彩蛋——房間號碼是她的生日，床品角落繡有她的英文名暗紋。

在飯店用完早餐，季明舒換了套衣服準備出門逛街。

下樓時，她想起谷開陽，順手撥了通視訊過去慰問。

身為時尚雜誌的副主編，時裝週自然少不了谷開陽的身影，不過他們是團隊出發，提前兩天就已經到達。

接到季明舒的視訊通話時，谷開陽正在親自檢查十幾套用於拍攝的禮服細節。

她這兩天忙得腳不沾地頭暈眼花，見螢幕那頭的季明舒戴著墨鏡光彩照人，還有閒心走樓梯幫助消化，她小嘴叭叭地吐槽道：「我發誓我以後再也不批判你們這種家族聯姻了，簡直是太幸福了！」

「你知道嗎？本打雜女工整整兩天都沒闔眼！真的，你都無法想像我們集團到底有多摳門！說起來也是奇了怪了，我以前沒當上副主編的時候集團還挺大方，去四大副主編這種等級都是安排套房，怎麼輪到我就標準房了？！亂七八糟的衣服堆一屋子，下腳的地方都沒有！再摳門一點乾脆安排我們去睡天橋算了！」

「我說真的，我已經不想努力了！當同妻嫁牌位都不是事！」

「不是，你說誰當同妻嫁牌位？」季明舒聽著這話有點不對。

谷開陽：「這不你自己掛嘴邊的嗎，別賴我頭上。」

季明舒正想反駁點什麼，餘光卻不經意間瞥見一抹熟悉身影。

對面谷開陽還叭叭叭地沒個完，季明舒腳步稍頓，不動聲色地將鏡頭換成了後置，對準飯店大堂正在辦理入住的一對男女。

與此同時，耳機裡也如她所料般傳來了谷開陽嗅到八卦氣息的興奮尖叫。

「我靠！那不是蔣純她未婚夫？！嚴彧是吧？臥槽那女的，你再走近點我仔細看看！」谷開陽的八卦之魂已經熊熊燃燒起來，「還真是！就前段時間那小爆的古裝劇那女二！臥槽嚴彧可真不是人，剛訂婚就劈腿！不是，這他媽該叫劈腿還是出軌？？？」

兩天沒闔眼還能如此亢奮地第一時間投入八卦事業，季明舒由衷覺得，谷開陽天生就是塊奮戰在狗仔戰隊第一線的好料子。

她調低耳機音量，勉強承受住谷開陽的這一通狂轟濫炸。

聽谷開陽不帶喘歇科普了三十秒嚴彧身邊那女生的黑歷史，並且還有繼續科普下去的意思，季明舒推了推墨鏡，壓低聲音及時叫停道：「行了，這些三十八線的生平你都瞭解得這麼詳細你是打算幫她著書立傳？」

她全神貫注地注視著鏡頭裡嚴彧和那三十八線手挽著手親密走進電梯，眼睛一眨不眨。在最後兩人露出正臉時，還很精準地截了個圖。

谷開陽忍不住提醒，「跟上去啊，看看他們住哪裡。」

「神經吧你，又不是我老公出軌。」

再說了，她幹嘛要幹這麼猥瑣的事。

季明舒略略偏頭，扶了扶墨鏡，像沒事人似的出門逛街了。

一個人逛街怪沒意思的，她只買了三個包一雙鞋一件風衣外套，緊接著又去谷開陽那裡探班，一起吃了個午飯。

中午她回飯店休息，等下午品牌方派人來接她去高訂工坊試裙子。

午休醒來，想到自己的新裙子，季明舒心情很不錯，離開飯店時腦中還在開無聲版演唱會。

只不過還沒出飯店，身後就有人喊她，「季明舒？」

這聲音很是耳熟，她回頭，就見蔣純穿了身粉色套裙，頭戴貝雷帽，漂漂亮亮站在休息區，旁邊還有飯店服務生在幫忙推行李。

季明舒頓了片刻，緩緩摘下墨鏡。

蔣純對季明舒這般反應很是滿意，雖然她很討厭季明舒，但不得不承認季明舒的品味確實比較好，能讓季明舒回不過神，自己今天這身打扮應該還算不錯？她忽然有點沾沾自喜。

「你怎麼在這？」季明舒問。

蔣純以為季明舒想奚落她不是受品牌邀請，下意識便說：「飯店又不是你家開的。」

說完，蔣純靜默了三秒。

她忽然想起，這家飯店去年剛被君逸收購，還真是她家開的。

好在她反應迅速，又補充道：「巴黎又不是你家後花園，季大小姐是不是管得有點寬了？嚴彧最近在巴黎出差，我來給他驚喜，不行嗎？」

提到嚴彧這未婚夫，她的腰板才挺直了些。

「……驚喜？」

季明舒一時竟不知擺出什麼神色。

「對啊，我們家嚴彧就算出差也好歹有個地址，不像你們家岑總，忙起來一年到頭都不見人影的呢。」

見蔣純那一臉的幼稚得意，季明舒無言以對的同時，竟然還產生了一絲絲憐愛。

其實蔣純原本不是平城人，但她爸很有本事，硬生生從沿海小城的拆遷暴發戶混成了如今的餐飲業大亨，掙下了一桶桶的真金白銀。而且她爸很有野心，前幾年舉家遷至平城，愣是憑藉巨富身家敲開了平城名門望族的門，還和嚴家定下了親。

嚴家也是曾顯赫一時的高門大戶，但一輩不如一輩地沒出息，加上氣運眼光都不行，早已呈現式微之勢。

兩家定親，是很典型的借勢結合各取所需。

原本這種聯姻出不出軌也沒什麼可多指摘的，各玩各的本是常態，季明舒撞見了也就當沒撞見，吱都不會在當事人面前吱一聲，最多在茶餘飯後和朋友八卦一下。

但關鍵就是——蔣純這女生太過真情實感，她是自己一見鍾情並不可自拔地喜歡上了嚴彧。

蔣家選擇太多了，如果不是蔣純喜歡，完全犯不著選嚴家這種毫無起勢之意的破落戶。

季明舒一反常態的安靜和隱隱憐愛的眼神讓蔣純有點渾身發毛，她慢慢往前臺走，邊走還邊回頭偷看季明舒。

季明舒正在猶豫要不要多管閒事提醒一句，就聽見前頭蔣純不可置信地喊了聲：「嚴彧！」

好了。

用不著她提醒了。

不遠處嚴彧正和那三十八線小明星連體嬰似地從電梯裡走出來，兩人衣著都和早上那時候看到的不一樣。

季明舒也不是什麼純情小處女，見兩人姿態就知道這恐怕是出門前還來了一回。

其實蔣純長相不差，但品味實在是差得可以，什麼奢侈品堆疊到她身上都像是某寶三九九含運的仿款，再加上這時為愛癲狂企圖動手吵鬧，和嚴身邊那朵剛被滋潤過的楚楚可憐小白花就形成了天然對比。

果不其然，沒吵上兩句，嚴彧就將小白花護到身後，不耐煩地推開了蔣純。

「你有完沒完？在這鬧有意思嗎？你看看你現在這樣，就不嫌丟臉？」

「我丟臉？」

蔣純眼睛紅了一圈，豆大的淚珠往下滾落。

剛剛一陣推擠，她的帽子有點歪，捲髮和衣服也有點凌亂，樣子實在狼狽。

那小白花像是排練過一般，神不知鬼不覺地戴好了口罩墨鏡，又怯怯躲在嚴身後小聲說：「阿彧……我不能被拍的。」

嚴彧拍了拍她的手，回頭又皺著眉，多看蔣純一眼也不願，語氣也是厭煩到了極點，「我們的事回國再說，你要願意在這丟臉你就在這繼續鬧，別拉上我。」

蔣純怔怔的，似乎還不敢相信往日溫柔貼心的未婚夫變臉如翻書，能這樣對她。

嚴彧護著小白花往外走，小白花也不知道是不是故意的，還撞了下蔣純的肩。

季明舒看不下去了，站在不遠處，忽地輕笑了聲，「真有意思，渣男和小三被當場捉姦不嫌丟臉，還怪正牌未婚妻丟臉。」她聲音不高，在場幾人卻都能聽見。

嚴彧這才注意到季明舒，他臉色不好，想叫季明舒不要多管閒事，可想起岑季兩家，又將話頭忍了回去。

「你不是嫌丟臉嗎？外國友人聽不懂中文，需不需要我來幫你翻譯一下，丟得徹底一點。」

瞥見嚴彧手上的情人橋腕錶，季明舒又嘲，「一身行頭都是正牌未婚妻送的，你還挺理直氣壯。」

嚴彧：「你！」

嚴彧正下不了臺，那小白花倒懂事，立馬做出一副鼓起勇氣想要一力承擔的模樣，上前瑟瑟鞠躬，「蔣小姐，對不起，都是我的錯，我們找個地方單獨說好嗎？不要在這……」

她還想上前拉蔣純，季明舒擋了擋，冷淡打斷，「你什麼東西，讓開。」目光又移回嚴彧身上。

她的意思很明確，道歉。

嚴彧心裡悶著火又發不出來，扶額，舔了舔臼齒，最後無奈點頭道：「行，是我不對，是我丟臉。這事回國我會親自上門和蔣伯伯解釋，我現在還有點事要處理，先走一步。」

季明舒冷眼瞧著，倒也沒攔。

都這樣了還不願意先哄蔣純，攔下來也沒多大意思。

她回頭，走至蔣純身邊。

還沒等她開口，蔣純就邊哭邊憤憤道：「不用你假好心！看我笑話你很開心是不是？！你以為你老公會好到哪裡去嗎？都不是好東西！」

「……」

「我老公是不是好東西就不勞你操心了。」

季明舒最煩這種被害妄想症患者，本來還想象徵性地安慰兩句，這下倒好，直接省了。

她冷漠地戴上墨鏡，噔噔噔地踩著高跟瀟灑走遠。

✕

蔣純的話並沒有影響到季明舒試小裙子的心情。

這條霧霾藍蕾絲紗裙季明舒早前已經試過一次初樣，上身後裁縫又根據她的身形做了進一步的調整。訂製完工，呈現出的上身效果她還比較滿意。

她讓人幫忙拍了段短影片，傳了一份給谷開陽。

谷開陽估計在忙，沒有看見，半晌沒有回話。

她又突發奇想，加了個小清新的濾鏡，也傳了一份給岑森。

季明舒：【怎麼樣？我新訂的小裙子。】

季明舒傳訊息時，平城已經入夜，灰藍幕布層層遮掩，路邊霓虹也漸次亮起。

岑森剛開完會，接過周佳恆遞來的手機，很淺地掃了眼。

未讀訊息很多，先是數則來自簽帳卡的消費通知，後又有季明舒傳來的訊息。

平日他和季明舒很少聯絡，非要聯絡也是直接打電話，季明舒主動傳訊息給他，也是罕見。

他鬆了鬆領帶，點開影片。

這支影片很短，不過十來秒，內容是季明舒拎著裙子轉了兩個圈圈，最後回頭眨眼。

他看完一遍，又重播了一遍，緊接著又重播了第三遍。

周佳恆跟在岑森身側，發現岑森一直在重複看一段影片，有點好奇，卻也不敢多加窺視。

直到回辦公室，岑森才停止播放。

聊天介面還有季明舒傳來的問話，他也不知是真心誇讚還是隨口敷衍，簡單回了句：

「好看。」

見岑森難得沒有發揮「給他一個支點他就能抬起地球」的抬槓本事，季明舒心情還算不錯，很是賞臉地跟他探討道：「是不是有點網路上說的那種『浪中帶點小清新，婊中帶點小高級』的感覺？」

岑森無聲一笑，翻了下帳單，糾正：「我覺得這不是小高級。」

一條十幾萬歐元的裙子叫小高級，她真說得出口。

岑森抬頭，又問周佳恆：「夫人什麼時候到巴黎的？」

周佳恆稍頓，「今早五點。」

緊接著他又自動自發匯報了季明舒接下來幾天的一系列行程，大概就是一些看秀安排，還有品牌高管的午餐晚餐下午茶邀約。

岑森也不知道有沒有仔細聽，等匯報完，他語氣平淡地評價了句：「她還挺忙。」

周佳恆眼觀鼻鼻觀心，識趣地沒接話。

而另一邊，季明舒心情甚是愉悅。

她特別自戀地將岑森那句「我覺得這不是小高級」理解為了讚美，打算幫岑森買支領帶夾以資鼓勵。

可正在這時，訊息提示音「叮叮叮」的響起。

果然，谷大編輯的彩虹屁只會遲到不會缺席。

谷開陽：【嗚嗚嗚這是什麼掉落凡塵的絕世仙女！】

谷開陽：【裙子不是高級訂製！你才是！】

谷開陽：【我們小金絲雀寶寶營業美貌和消費金錢的樣子真是令人著迷！！！】

谷開陽：【媽媽到底要賺多少錢才能把你從那個狗男人的手裡搶過來？！】

沒有對比就沒有差距。

季明舒截圖，傳給岑森，想讓他體會一下正確的評價方式。

岑森收到圖，目光落在最後一句的「狗男人」上。

所以，她私底下和閨蜜，是這麼稱呼他的。

季明舒也很快注意到了圖裡的疏漏，她以為岑森不會看得這麼及時，還手腳敏捷地連帶圖後那句「多學一下」一起按了收回，企圖假裝無事發生。

可她收回不足三十秒，對話方塊裡便陸續冒出一段：

岑森：【這是什麼掉落凡塵的絕世仙女】

岑森：【裙子不是高級訂製，你才是】

岑森：【我們小金絲雀寶寶營業美貌和消費金錢的樣子真是令人著迷】

季明舒：「……」

脫離了驚嘆號的彩虹屁從岑森那烏漆嘛黑的頭像發出來，像是冷冰冰帶著嘲弄的機械複製，季明舒一瞬間竟然分不清他這是想展現自己的記憶力還是學習能力。

岑森：【學得像嗎。】

季明舒：【……】

她明白了，這狗男人原來是都想展示。

沒複述最後一句恐怕是因為他覺得自己寫作手法學得不錯，特意留白給人留有無限遐想的空間呢。

她放下手機，皮笑肉不笑地對店員道：「不好意思，領帶夾不要了。」

✕

多虧岑森的得罪，接下來為期三天的高訂週行程季明舒完全沒在手軟，所到之處全都留下了她瀟灑刷卡的身影。

在這期間，季明舒和谷開陽也沒什麼時間見面。

谷開陽是和雜誌團隊一起到巴黎的，身為新晉的雜誌副主編，一堆事情等著她決定，自是不能脫離團體單獨行動，也沒時間單獨行動。

高訂週活動結束後，他們雜誌還有一些補拍計畫需要多逗留一日，畢竟集團摳門人設永遠不崩，來趟巴黎沒拍夠本好像就虧了一個億似的。

季明舒原本打算帶上谷開陽一起坐私人飛機回程，可谷開陽工作纏身走不開，加上飛機本就到了保養日程，她乾脆讓飛機去保養，自己多在巴黎逗留一日，等谷開陽一起回國。

最後雖說是一起回國，但媒體行業講究及時高效，谷開陽在飛機上還要和同事一起爭分奪秒地趕後期發稿工作，也就沒有升等。

好巧不巧，在頭等艙裡，季明舒又和蔣純狹路相逢。

蔣純肉眼可見地比前幾日瘦了不少，原本圓潤的下巴只剩下個尖，可以看出她也沒什麼心思為自己打扮，只穿了簡單的素色T恤和長牛仔褲，雖然素顏出行看起來有些憔悴，但實際也多了幾分我見猶憐的味道。

季明舒把墨鏡往下拉了點，看清蔣純的小臉蛋後，還有點意外。

她以前就看出蔣純五官不錯，但這是第一次見她素顏。原來名字沒取錯啊，蔣純蔣純，這不就是個標準的清純小美女嗎？

季明舒向來喜歡美人，平日對蔣純高貴冷豔愛答不理，這時倒屈尊降貴主動逗了句：「蔣小姐看起來是情傷未越啊。」

蔣純：「……」

見到季明舒，蔣純不像平時那般，分分鐘就能切換成鬥志昂揚的鬥雞狀態；也沒像上次在飯店大堂那般，不管三七二十一先咬季明舒兩口。

她整個人都靠在椅背裡，渾身散發出一種「本棄婦隨便你怎麼羞辱」的謎之喪氣。

空服員過來送酒，季明舒稍稍朝蔣純的方向抬了抬下巴，「麻煩幫這位小姐上一份餐點，還要一杯奶昔，謝謝。」

蔣純眼皮都沒掀，窩在座椅裡毫無反應。

空服員看了看她，又看向季明舒，一時不知是否應聲。

季明舒笑著說道：「我們認識，上吧，謝謝。」

空服員稍怔，感覺自己心跳突然加速，點了點頭。

沒一會兒，季明舒幫蔣純點的餐就上齊了。

空服員還另外幫她們倆上了一小塊點心，說是請她們品嘗新品。

季明舒很給面子地嘗了一口，跟空服員說了自己的意見感受。

蔣純卻懨懨的，好像不打算碰這些東西。

季明舒沒多搭理，她家不住太平洋，愛吃不吃。

她用完點心，又翻了翻時尚雜誌。

飛機上準備的這些時尚雜誌她早就看過，唯一沒看過的就是谷開陽他們做的《零度》，《零度》是男性雜誌，她又不是什麼一手包辦丈夫著裝的賢慧妻子，幹嘛要看。

她掩唇打了個呵欠，戴上眼罩，準備睡覺。

✕

四下寂靜，蔣純望著窗外，一副憂鬱蔣黛玉的模樣。

窗外天空明藍，雲在腳下，像大片大片黏連在一起的棉花糖，光線薄熱，隱約可見遠處太陽的金光。

好半晌沒聽見書頁翻動的聲響，蔣純用餘光瞥了瞥，發現季明舒不知什麼時候戴上了眼罩正在休息，她心念一動，瞥了眼餐點和酒，下意識地舔了舔唇。

她已經三四天沒怎麼好好吃過東西了，不見到吃的也就算了，可吃的就擺在眼前，她的注意力都被香味吸走，低落情緒都消散不少。

她很輕地拿起三明治，又悄悄看了眼季明舒。

季明舒雖然沒動，但睡得不甚安穩。

不知怎地，她夢見了蔣純撞破嚴彧劈腿的場景，只不過裡頭的人替換成了她和岑森。

夢裡岑森比嚴彧渣得更為深入徹底，直接捏住她的手腕往外推，看著她摔倒在地，也懶得多給半個眼神。

旁邊還有一群塑膠姐妹花在瞧她笑話，有人嘲弄地說要她好好忍著，以後為小三端茶遞水好生伺候，不然岑森就會把她掃地出門。

——季明舒活生生被這個夢給氣醒了。

她扯開眼罩，一口氣喝了大半杯水，一邊平復心情，暗示自己這只是個夢；一邊又忍不住暗罵岑森這狗男人，夢裡都不讓她清淨。

她放下水杯，無意間轉頭一瞥，不想正好對上蔣純在悄悄地吃三明治。

可能是餓傻了，蔣純一下子咬了一大口。還沒來得及咽下去，又被季明舒突如其來的動作嚇得一哽，三明治堵在喉嚨裡，她掩唇猛地咳嗽。

季明舒就那麼瞧著蔣純咳得面紅耳赤，一邊找衛生紙一邊喝酒吞咽，忽地噗嗤一笑。

蔣純像隻被踩到尾巴的貓，一下子炸毛，「笑什麼笑，不就是吃點東西嗎？咳！咳咳咳！！！」

季明舒的心情莫名好了起來。她托腮看向蔣純，問：「你覺不覺得自己有點可愛？」

「……」

蔣純用一種看神經病的眼神看著她。

季明舒絞盡腦汁地想比方，「就像從來沒出過南極，突然不怕熱能在亞熱帶生活了……但還是笨手笨腳的那種企鵝？」

有那種企鵝？

蔣純怔了兩秒，終於體會過來，「你是想說我土？」

「不，是土萌。」

蔣純：「……」

真是謝謝您的誇獎了呢。

她沒好氣地翻了個白眼，坐了坐正，乾脆理直氣壯地吃起了東西。

從巴黎飛平城需要十一個小時，季明舒閒得無聊，時不時逮著蔣純找樂子。

蔣純一開始非常不想搭理季明舒，可之前醞釀的悲傷情緒早就消散一空，見季明舒在看一檔自己也在追的綜藝節目，她忍了幾次，可最後還是沒忍住，不知不覺就主動接上了季明舒的話，還和她一起討論。

季明舒：「我覺得裴西宴挺帥的。」

「我也覺得。」蔣純忍不住贊同，「又帥又有個性，長大了肯定不得了。」

季明舒：「情商也高。」

蔣純不住點頭，「對對對，我還特地補了他小時候和他媽一起上的綜藝，其實我不是很喜歡他媽，但他從小就好可愛哦，酷酷的，心地也特別善良，還會默默地幫助其他小朋友。」

季明舒：「是吧，我也覺得。」

「女士們，先生們，本次航班預定在十五分鐘後到達平城國際機場，地面溫度攝氏三十六度……」

✕

快下飛機的時候，蔣純臉上已經完全不見剛上飛機那時候的喪氣，她整個人容光煥發眼冒桃心，還非攔著不讓季明舒調倍速，說什麼她家孩子的神仙顏值必須一幀一幀用心欣賞。

季明舒無語，乾脆將平板扔進了她的懷裡。

季明舒的行李提前一天就運回了國內，隨身攜帶的只有一個小小的登機箱。

下飛機，她本想和谷開陽會個面，可谷開陽他們雜誌出了緊急狀況，必須馬上趕回去開會。她只得和蔣純一道，大發善心地順著機場免稅店一路科普一路往外走。

蔣純從來不知道還東西還有這麼多門道，一開始是和季明舒並肩，邊走邊聽，後來也不知道怎麼回事，她搖身一變，成了季明舒的推箱小妹，她主動找來推車，將兩人的行李箱都放上去，一個人大包大攬地往前推，

到了出口，機場人流逐漸變得密集，來往行李箱軲轆聲不斷。

季明舒還在分析某款包包為什麼會成為經典，可聲音忽地一頓，步子也緩了下來。

蔣純十分傻白甜地問了句：「你怎麼了？」

季明舒按了按肚子，眉頭微蹙。

「你肚子疼？」蔣純四周望瞭望，指著一個方向道：「那裡有洗手間。」

季明舒額角滲汗，艱難地往洗手間快走。

她穿很高的高跟鞋，這麼快走一段，腳後跟已經是火辣辣地發麻。

走進洗手間，季明舒眼前黑了黑。

跟過來的蔣純小聲驚呼：「怎麼這麼多人！」

前頭排隊的起碼有七八個，而且這可能是機場一眾廁所中最小的那個，只有四個位置，其中一個還是無障礙。

等了兩分鐘，隊伍毫無進展。

蔣純本來打算問問季明舒，要不要再去別的地方找找，可看見季明舒那副完全憋不住的生無可戀模樣，她眸光一瞥，餿主意脫口而出：「不然去這上吧，反正沒人。」

她耿直地指了指一旁的男廁。

季明舒一臉「你是不是瘋了」的表情。

可蔣純特別殷勤，還跑進去幫忙勘察了一圈，「真的沒人，我幫你在門口守著，沒關係的。」

季明舒覺得自己的腦子可能也短了路，聽蔣純這麼說，內心深處竟然有一絲絲動搖。

隨著肚子襲來的一陣陣劇痛，她的動搖幅度更大了。

到最後，她終於忍不住，艱難地戴上墨鏡，壓低聲音對蔣純道：「幫我守著，訊息聯繫。」

蔣純像是接收到了什麼重要任務般，鄭重地點了點頭。

三分鐘後，季明舒終於意識到自己幹了什麼蠢事。

蔣純：【現在不能出來，有男人進去了。】

五分鐘後。

蔣純：【完了，一個旅行團的過來了，你再等等，千萬別出聲。】

季明舒：【……】

真是信了你的邪。

蔣純最新的通風報信剛剛到達，外面就呼啦啦地進來了一幫男人，小便池附近尷尬的聲音此起彼伏，還有男人停在她的門外猛烈敲門，聲音粗獷，「兄弟你便祕啊？拉這麼久是不是掉坑裡了？」

季明舒：「……」

隔間逼仄狹小，異味熏人，季明舒從耳後根到脖頸全都被憋得染上了一層紅。

她默默閉眼，一時竟想不起自己到底是做錯了什麼才會淪落到這種困在男廁不敢出聲的悲慘境地。

而且她大腦一片空白，也不知道該做點什麼，才能擺脫現在這種尷尬到令人窒息的局面。最為淒慘的是，五分鐘過後，她的腿蹲麻了，手機也自動關機了，這也就意味著，她和門外的情報員意外失去了聯繫。

在失去聯繫前，來自情報員的最後一則訊息是——「不然你衝出來吧？反正也沒人認識你。」

笑話！

她季明舒風風光光二十餘年，向來是飯可以不吃，面子不可以不要！

她今天就是被熏暈在廁所，也絕對不會冒著被人說「這個女的漂漂亮亮竟然變態到上男廁」的風險在外面還有人的時候跑出去的！

就這麼倔強地蹲了半晌，時間一分一秒過去，季明舒也不知道自己沉默地擋住了多少次敲門，總之下半身好像都已經失去了知覺。

過了很久，洗手間忽然陷入安靜。

季明舒的小心臟悄然複生，以為外面終於沒人了。

可在她嘗試站起來的下一秒，外面又傳來幾聲敲門響：「咚咚咚。」

世界上最殘忍的事莫過於，給了人希望，又瞬間令人絕望。

她蹲在地上，雙手抱住膝蓋，把腦袋埋了進去，一聲不吭。

就在這時，門外忽然響起一道男聲：「明舒，開門，是我。」

第四章

這聲音不高不低，略略往下壓，帶有熟悉的沉靜。

季明舒腦子裡轟地一下炸開！

怎麼可能？

他怎麼會在這？

彷彿為了向她驗證可能性，岑森又敲了下門，「再不開，我叫人來開了。」

「不要！」季明舒條件反射，開口阻止。

蔣純也在這時幫腔，朝男廁裡喊：「季明舒，可以出來了！你老公清場了喔，外面沒人了！」

季明舒：「……」

拜託，比起被這狗男人看到她現在狼狽的樣子，她更願意在他還沒來的時候不管三七二十一衝出去，或者直接按下沖水按鈕把自己一起衝進下水道從此人間蒸發好嗎？

這小女生在外面站這麼久沒幫上半點忙就算了，竟然還招來個她最不想招惹的人過來看笑話，她到底在幹什麼？腦子呢？失個戀還自帶降智功效嗎？？？

岑森顯然不是很有耐心，見她久不出聲，也沒動靜，便打算叫助理，「周佳恆……」

「等等！」

季明舒揚高聲調蓋住他的聲音，並及時伸手，往上摸索，艱難地撥了撥門栓。

下一秒，隔間門輕輕地朝外鬆開了一條縫。

季明舒伸出根手指戳了下，那條門縫又緩緩往外擴大。

岑森垂眸，就見季明舒弱小可憐又無助地蹲在地上。

她雙手環抱住膝蓋，整張臉埋在臂彎裡，埋得密不透風，可岑森還是從她頭髮間隙中隱約看見了她通紅的耳朵。

沒等岑森開口，季明舒便粗聲粗氣道：「我腿麻了，站不起來。」

她還挺會先發制人。

岑森神色寡淡，沒有接話。

季明舒等了半天沒等見動作，一時不知道這狗男人是想看她笑話裝聽不懂，還是太過鋼鐵直男真沒理解她的意思，只好硬著頭皮直接命令道：「你快點抱我出去。」

岑森站在那裡還是沒動，也不知道在想什麼。

季明舒心下忐忑，生怕他存了心不給自己面子。

好在安靜幾秒後，岑森終於有了動作。

他慢條斯理地解開衣扣，脫下西裝外套，蓋住她的腦袋。

緊接著又身體半傾，一手環住她瘦削的肩，一手從她腿窩穿過，摟住她的雙腿，一把將人打橫抱了起來。

在身體懸空的那一剎那，季明舒的兩條腿酸麻到了極點，好像有成千上萬隻小蟲子在她腿腳密密麻麻地輕蟄。偏生岑森抱住她還掂了掂，那種痠麻頓時加重，也不知道他是不是故意。

洗手間被岑森暫時清場，裡面很安靜。到了外面，交談說笑和行李箱軲轆聲混合在一起，聲音變得嘈雜起來。

季明舒這時心虛得緊，聽什麼都覺得別人是在對她指指點點，一時也顧不得事後要接受岑森的哪般嘲弄，身體本能地往他懷裡縮了縮，雙手還環抱住他的脖頸，孬得像只小鵪鶉，一聲不吭。

岑森身上有很淡的冷杉味道，清冽，乾淨。季明舒縮在他胸膛間，還不自覺地多吸了兩下。

岑森察覺，看了她一眼，但沒說話。

外面蔣純正在和周佳恆交接行李，見岑森把季明舒擋得嚴嚴實實，還來了個男友力爆棚的公主抱，她羨慕嫉妒的同時，還在心底默默給嚴彧來了兩剪刀。

其實她以前一直覺得，季明舒和岑森兩人就是標準的家族聯姻，需要一起露面的時候秀個恩愛，平時各玩各的互不搭理。

但見了今天這一幕，她覺得自己以前是被嫉妒蒙蔽了雙眼，什麼都不知道就暗自預設人家的婚姻不幸福，簡直是太惡毒了，她明明很善良的，什麼時候變得這麼惡毒的呢？

前往停車場的一路，蔣純都跟在他們身後默默反思。

坐進車後座，蔣純目送岑森抱著季明舒上車走遠，忽然扯開手上和嚴彧同款的情侶腕錶，氣鼓鼓地想：今天也是檸檬樹開花結果的一天呢，渣男滾蛋滾蛋！

✕

窗外太陽金光燦燦，盛夏的平城，陽光灼熱，空氣也沉悶乾燥。

坐在車上，季明舒還是用岑森的西裝外套蓋住腦袋，一言不發。

岑森也沒管她，一直在和合作方通電話。

好不容易通完工作上的電話，家裡的電話又撥了進來，他看了眼來電顯示，又瞥了眼季明舒，按下擴音。

「阿森啊，你有沒有接到小舒？」

聽到岑老太太中氣十足的聲音，季明舒的耳朵瞬間豎直。

岑森「嗯」了聲，「接到了。」

對面岑老太太又催，「那你們快點過來呀，今天周嫂做了一大桌子菜，你們喜歡的都做啦！」

等等，去南橋西巷吃飯？她現在這臭烘烘的鬼樣子去南橋西巷吃飯？

季明舒瞬間從西裝外套裡冒了出來，不停朝岑森搖頭。

岑森看著她，目光平淡，也不說話。

季明舒急中生智，又蹭到他身邊，試探性地給他捶了捶肩，捏了捏背。

享受了十多秒的貼心服務，岑森換了隻手拿手機，說：「奶奶，我今晚臨時要開個會，小舒時差沒恢復過來，也有點累，在車上已經睡著了。」

「這樣啊。」岑老太太很理解，「那你先送小舒回去休息，下次再過來吃飯。」

「好。」

岑老太太又補上一句：「你也別太辛苦，工作是忙不完的，平時自己要多注意身體。」

岑森又應了聲「好」。

一直等到電話掛斷，季明舒才徹底鬆了口氣，捶肩捏背的動作也跟著停了下來，她很快便無事發生般坐回了自己位置。

岑森大約是見慣了她的翻臉無情，也沒多當回事。季明舒自己倒有點小心虛，一直看著窗外不肯轉頭。

可她越看越覺得不對勁——不對吧，這本來就是回明水公館的路啊。

她反應過來，轉頭去瞪岑森，岑森卻已經雙手環抱胸前，靠進椅背裡閉目休息。

這兩天岑森都在外地出差，兩小時前才剛從星城飛回平城。下了機場高速，他接到南橋西巷那邊打來的電話，才知道季明舒今天回國。

他要周佳恆查了下航班時間，倒是湊巧，從巴黎飛回的航班剛剛落地。

於是他吩咐司機掉頭回了機場，打算接上季明舒一起去南橋西巷吃飯。

他原本是坐在車裡，讓周佳恆下去接的。哪成想周佳恆人沒接到，倒是打了通電話過來，然後他就聽到電話那頭有小女生喊：「岑總，你老婆被困在男廁所裡出不來了！」

回想起那一幕，岑森下意識地揉了揉眉骨。

⤫

回到明水公館時已經黃昏，季明舒裹住西裝往裡走，墨鏡始終不摘，唇也抿得緊緊的。

她步子邁得很快，進屋便一路往上鑽進浴室放水洗澡。

聽見水聲，岑森只抬頭看了眼，又繼續換鞋。

等他走到冰箱前拿水，樓上又傳來一串淒慘的尖叫：「啊啊啊啊啊！！！」

這尖叫明顯不是因為意外或恐懼，雖然只有短短的一個音節，但岑森也聽出了其中「我怎麼會幹出這種蠢事」、「我的一世英名竟然就這麼毀於一旦」、「媽媽再讓我投胎一次」的深深沮喪與懊悔，他輕笑了聲，又喝了口水。

岑森一直沒有上樓，就在樓下開了個視訊會議，用了將近兩個小時。

見樓上沒再發出半點聲響，他上樓看了眼，這才發現季明舒竟然還待在浴室沒出來。

他在外面敲了敲，「明舒？」

「幹嘛。」

「你待廁所待上癮了？」

他話音剛落，玻璃門就被重重推開。

季明舒頭上戴了乾髮帽，身上只圍了一條浴巾。卸完妝，她臉上乾淨清透，還帶著被水霧蒸出的粉暈，皮膚也白白嫩嫩的，像剝了殼的雞蛋。

她光著腳往外走，還特地往岑森面前湊了湊，神經兮兮地問了句：「你聞一下，還有沒有味道？」

她也不知道自己是不是被那男廁所熏出了錯覺，總覺得自己渾身上下都臭臭的。

岑森聞了下，聲音略低，「有。」

「？」

季明舒立馬又想低頭去嗅。

多日沒有夫妻生活，岑森不大經得住誘惑，他喉結翻滾，忽然摟住季明舒，往自己身上按了按，手在她身後，從背脊一路遊走，同時還附在她耳廓上問：「想賄賂我？」

「？？？」

什麼思路。

季明舒腦袋空白了一剎，緊接著就是一陣天旋地轉，她感覺自己忽然被騰空抱起，又忽然被扔到了床上。

直到躺平她才反應過來，岑森的意思是她為了面子故意勾引賄賂他讓他不要再提起男廁所的事？？？

很好，不愧是哈佛畢業的高材生，這思路怎麼這麼優秀，她怎麼就沒想到。

季明舒忽然主動摟住岑森的脖頸，理直氣壯地問：「那我賄賂你，你接不接受？」

岑森聲音滾了滾，壓得很低，「接受。」

×

這份賄賂之禮稍有些重。

本來就在浴室泡澡泡了很久，後來不知道怎麼又回了浴室，一天這麼泡了兩回，她感覺自己都要被泡發了。

深夜的時候，季明舒醒來，發現岑森不在身邊。

她有點餓，餓得前胸貼著後背，肚子還很配合地發出咕嚕咕嚕的叫聲。

掙扎了大概五分鐘，她拖著發軟的雙腿往樓下走，準備找點吃的。沒成想走到樓梯上，她就聞見中島臺那飄來陣陣香味。

她下意識望過去，正好望見岑森捲著襯衫袖子，正起鍋俐落裝盤。

「好香，你在做什麼？」她湊過去，「排骨飯？」

岑森「嗯」了聲，放下衣袖，端起那盤色香味俱全的排骨飯，往餐廳走。

季明舒眼巴巴地跟了過去。

岑森卻轉頭望了她一眼，「沒做你的。」

「？」

「為什麼？」

她問完就覺得不對，總感覺他會像十八禁小說裡那樣邪魅狂狷又無恥下流地接上一句：

「呵，小妖精，剛剛沒把你餵飽嗎？」

只不過現實往往比想像更為骨感，這念頭剛從腦海一閃而過，她就聽見岑森說：「我以為你在男廁待太久，應該沒有胃口吃東西。」

季明舒：「……」

這就是他說的接受賄賂？

人和人之間也許有信任，但季明舒覺得，她和岑森之間沒有。

站在餐桌邊，她看著岑森慢條斯理地進食，腦子裡滿滿都是上床前岑森說的「接受」二字。

——接受賄賂嗎？

——接受了以後就不准再提男廁所了喔。

——接受。

啪啪啪！季明舒感覺自己的臉都被打腫了，他可真是勤勞樸素善良正直的模範好丈夫呢。

而且這位丈夫在她的注視下理所當然享受自己勞動果實的樣子真是，絕美。

看著岑森吃了會兒，季明舒閉了閉眼，感覺自己已經氣到可以省下明天的早中晚三餐了。

她一言不發跑回房間鎖緊房門，在床上翻來覆去地滾。

空氣中還殘留著些許還未揮散的氣息，她越滾越睡不著，怎麼想怎麼覺得自己這是婚內被狠狠騙了回炮。

幾幅畫面反反覆覆在她腦海中循環播放，最後實在是氣到睡不著，她忽然又從床上爬了起來，打算衝出去和那吃獨食的騙炮渣男轟轟烈烈撕上一回。

沒成想房門一拉開，她就正好撞上騙炮渣男端了一碗新鮮熱呼呼的排骨麵站在門口。

麵條和小排骨的色澤都十分誘人，上面還撒有精緻的小蔥花，關鍵是那味道。

季明舒盯著排骨麵，輕輕咽了咽口水，目不轉睛道：「你真是個好人。」

叮！好人卡一張！

她也沒去看這「好人」是什麼表情，虔誠地接過麵條，一路捧著坐到梳妝檯前，還把凳子擺得端端正正。

季明舒進食的時候是很賞心悅目的，吃得非常小口，全程還很安靜，連嗦嗦的聲響都不會發出一絲一毫。

也不知道她這算是名媛修養十分到位，還是在完美詮釋什麼叫做「炮資到位，立即閉嘴」。

這一晚睡得還算安穩。

次日早晨八點，周佳恆準時打來電話，為岑森提供叫醒服務。

岑森接完電話，躺在床上，緩慢地捏了捏鼻樑。

記得以前在美國念書的時候，偶有閒餘，他就會自己在公寓做飯。一晃工作多年，深夜下廚昨晚竟是第一次。

醒過神後，他轉頭看了眼。

夏日清晨的天光分外晃眼，季明舒卻半絲反應都沒有，安靜得像根等待發酵的S型油條。

她睡覺不太規矩，大概是因為季家給她找了很多老師，但忘了找個老師教她如何從小睡出優雅姿態。

剛結婚時她還能盡力克制自己保持一個正常的睡姿，但沒多久她就頻頻暴露本性，尤其是有了實質性的關係過後，防備性極低。

就像現在，她整個人都像章魚似的黏在岑森懷裡。

岑森是個正常男人，一早醒來見身上掛了這麼個美人，很難不起反應。

遺憾的是時間來不及了。他拉開身上的章魚，動作也沒見多少溫柔憐惜。

只不過最後出門的時候還是稍稍一頓，拉上了遮光窗簾。

✕

以往從國外回來，季明舒最多也就睡上半天恢復時差，但這次身心俱疲，她一覺直接睡到了下午六點。

手機裡躺了很多未接來電和訊息。

她隨便掃了幾眼，包括蔣純在內的多則訊息，都是問她晚上去不去張二公子的生日會。

張家有兩位公子，大的叫張麒，小的叫張麟。

張麒和岑森差不多大，已經接手家中不少事務，他們家做旅遊資源開發這門生意的，和岑森估計也有不少業務往來。

張麟是老來子，家裡疼愛，從小嬌縱，今天這是剛滿二十？季明舒仔細瞧了眼，還真是二十。

真小啊。

季明舒一路往下拉，找到張二公子的邀請訊息，回了個「好」字。

張二公子很快便回道：「謝謝舒姐賞臉！」

為了這場生日會，張二公子早已籌備多時，他人也機靈，生日會就辦在自己正準備開業的俱樂部，相當於給自己打了個活廣告。

季明舒到的時候，俱樂部裡氣氛已經炒熱。張麟面子還挺大，平城裡的一圈熟人基本都到齊了，還有一堆叫不上名字的網紅和小明星。

季明舒是張二公子親自迎進去的。

這位張二公子小小年紀別的沒學會，吹彩虹屁這項技能倒是掌握得爐火純青，站門口接了季明舒好一頓誇，左一個姐右一個姐叫得親親熱熱，幸虧他沒親姐，不然見到他這油嘴滑舌的樣子人概得活活氣回娘胎。

在外面這些社交場合，主人什麼態度基本就代表了客人什麼地位，今晚到場的人裡，能得張二公子親自迎接的，統共也沒幾個。

不認識季明舒的見到張二公子這般殷勤，在心裡對季明舒自然也有了個底。

到了前頭落座，一群專業捧她臭腳的塑膠姐妹花又接過張二公子的接力棒起身營業，一個個的舌燦蓮花，彩虹屁吹得震天響。

季明舒也很給她們面子，說自己到晚了，主動喝了杯飲料，又和她們聊起前幾天的高訂週。

這是季明舒最熟悉的浮華聲色，應對起來自然也是遊刃有餘得心應手。

⤫

今晚張寶姝也來了，距離上次陪張大公子張麒應酬已經過去一個多月。

就這短短一個多月，張寶姝覺得自己經歷了過往十九年都沒經歷過的跌宕起伏。

她沒畢業之前拍的那部青春校園網劇已經上線，一連在影片網站播了二十多集，口碑數據算不上爆，但也不算毫無姓名。

起碼她透過女主的清新自然人設，輕輕鬆鬆就吸了五十多萬的粉。

加上公司幫她買的數據流量，她現在也是坐擁百萬粉絲，發則貼文分享按讚留言都有幾千的新生代小鮮花了。

這一切在外人看來，只不過是她運氣好，初入演藝圈便能輕鬆嶄露頭角。

但她自己知道，人前的每一次光鮮，背後總要付出相應的代價。

那夜被岑森毫不留情地拒絕，自尊心寸寸崩塌，她也不知道自己在想什麼，轉身竟然又稀裡糊塗地搭上了張麒。

張麒嘴上貶低看不上她，身體倒很誠實。

好在他人還算大方，後續資源沒有少給。

人一旦走過捷徑，嘗過名利唾手可得的滋味，就很難再腳踏實地一步步地往上爬，張寶姝也不例外。

其實外面傳她和張麒的緋聞她是很願意的，可惜張麒連個聯繫方式都不留給她，自那三日後，兩人再未碰面。

這才一個月，別人不會懷疑什麼，可時間再久一點，別人自然也能察覺，她和張麒的關係遠遠還沒好到他們所想像的地步。

沒有張麒，她能不能再得到更多暫且另說，就她目前得到的，也不知道是不是得全吐出去。

今天託經紀人混進這裡，張寶姝就是想看看能不能碰上張麒，再和他敘敘舊情。

張寶姝到得早，目光一直有意無意地追隨著張二公子，心想弟弟生日，做哥哥的怎麼樣也會露個面，可她迎來的只有一次又一次的失望。

生日會快開始的時候，張二公子特別殷勤地從外頭接了個人進來，俱樂部內光線不甚明亮，她一開始晃了眼，還以為這麼殷勤是接了他哥，可等她細看，卻發現是個婀娜有致的女人，心底不免又是一陣失落。

嘈雜聲中，她聽到附近有人在討論：「那女人是誰？張二這麼殷勤。」

「不知道，但她背的包好像是……喜馬拉雅？」

有人補充：「還是鑲鑽的款。」

張寶姝這才仔細看了看。

只不過隔得遠，她看不太清五官，只能感知，那女人氣質很特別，遠遠看著都很明豔動人，而且是那種讓人移不開眼的明豔，隨手撩個頭髮都像在拍洗髮精廣告一樣。

「別看了，不是同一路人。」有人知道季明舒，「她是季家小千金啊，明禾地產那個季家，還有，君逸華章知道吧？她老公是君逸老闆，不然你以為張二殷勤個什麼勁？」

君逸？

張寶姝忽地一怔。

她腦海中忽然閃過那夜岑森說過的話：「長相氣質學歷背景沒有一樣比得上我太太，你不如洗把臉清醒清醒。」

這就是他的太太嗎？

張寶姝自己都沒察覺，她的貓眼指甲深深掐進了沙發縫裡。

✕

夜晚的俱樂部自是熱鬧，等人到齊了，張二公子頭戴壽星帽，拿著麥克風在舞臺上發言，緊接著又為大家獻上了五音不全的一曲，下面一片捧場哄笑。

蔣純在快要切蛋糕的時候才來，原本也不知道該不該上前和季明舒搭話，沒成想季明舒看見她，主動朝她揚了揚下巴，蔣純自然是屁顛屁顛地跑了過去。

一眾塑膠姐妹剛剛嘲過一輪蔣純被嚴彧綠了的事情，正奇怪季明舒為什麼不置一言甚至笑都不笑，這時見她主動叫蔣純過來，神色更是怪異。

季明舒卻坦然地很，還讓人挪開一點，給蔣純騰了個座位。

蔣純有種莫名的驕傲感，私下扯了扯季明舒的小裙子，小聲問：「你昨天從廁所……」

季明舒適時遞了一個「請你閉嘴立即失憶」的眼神。

蔣純及時止住話頭，又問：「我今天的打扮怎麼樣？」

季明舒由上至下打量了她一眼，不知道是不是報復，一刀直直扎進她的心臟，「你以後還是別打扮了，小土鵝。」

蔣純：「……」

她是為了什麼要自找羞辱。

季明舒來的時候有人關注，蔣純來的時候自然也有人關注。

張寶姝附近坐了很多小明星和網紅，其中有一個就是嚴彧劈腿的那朵小白花。

她見蔣純進來，還像沒事人似的和朋友感嘆起這平城實在是小，並故作矯情道：「怎麼辦，那是他前女友，好尷尬啊。」

她朋友安慰：「有什麼可尷尬的，是嚴彧喜歡你，她不至於這麼玩不起吧。」

很快又有幾人加入話題。

以小白花的咖位，能傍上嚴彧自然要好生炫耀，這幾人也都是明裡暗裡附和捧她。

小白花大多時候都維持人設，怯怯地不說話，只在關鍵時刻輕言細語補充，「阿彧和她本來就是家庭關係才會訂婚，她也知道阿彧在外面有女朋友，想保持這種形式訂婚，其實一個巴掌也拍不響的……」

她話音未落，忽地發現有雙閃亮亮的高跟邁入了她的視線。

沒等她反應過來，「啪」地一下！一個清脆響亮的巴掌就搧了過來，她耳朵好像都有短暫的耳鳴。

「你聽聽看，一個巴掌響不響？」

×

俱樂部內，音樂依舊熱烈動感，光線也仍五彩交錯，可這一巴掌搧下去，就像是自帶聚光效果，以季明舒為中心，四周目光齊齊匯聚。

——你聽聽看，一個巴掌響不響？

——響，巨響。

吃瓜群眾在心裡默默回答。

小白花前段時間演過一個古裝偶像網路劇，網路劇走得是無腦輕鬆風，雖然沒什麼邏輯，但討論度很高，算是小爆，她這女二也算混了個臉熟。

這時循著聲看過去，不少人都認出了她，一時偷拍的閃光燈伴隨竊竊私語此起彼伏。

其實大家也不大在意打人的糾紛緣起，更多的是驚訝於有人在張二公子的生日會上動手，這小姐姐是想打張二的臉還是存心鬧事啊？

坐在不遠處的張寶姝也完全處於愣怔狀態。

剛剛隔得遠她看不清臉，這時近距離看到季明舒，她竟然無意識地，開始認同起那夜岑森說過的話。

明珠在側，又何須螢火。

場面就這樣在一片熱鬧喧囂中，無端靜默了數十秒。

小白花的朋友回過神來，忙護住小白花，衝著季明舒喊：「怎麼這樣，你誰啊！動手打人這是想幹什麼？」

「就是啊，有什麼話不能好好說，你有沒有素質？」另一人也接著幫腔。

小白花本人沒有出聲，只咬著唇一副沒回過神的可憐模樣。

但她很快便想起來了，當日在巴黎，也是這女人幫蔣純出頭，逼著嚴彧道歉。

當時嚴彧好像不想跟這女人吵僵，那這女人，可能是不好得罪。

想到這，她抿唇低頭默不作聲，白蓮花三部曲走得那叫一個一氣呵成。

她的朋友渾然無覺，還一副「我們委屈可受大了」的理直氣壯模樣，你一句我一句地要季明舒給個說法。

季明舒眼皮都沒掀，接過小土鵝不知從哪變戲法弄來的溫熱毛巾，慢條斯理擦了擦手，眼角眉梢都是不以為然的驕矜，完美演繹了「打你就打你還要挑日子」的堂而皇之無所畏懼。

如果今夜現場有人和岑森交過手，可能會發現，這夫妻倆對付人的時候完全是如出一轍的高高在上。

沒一會兒，張二公子就聞聲過來了。

小白花的朋友也是塑膠至極，見張二過來，聲音驀地婉轉，還想借此機會朝他發嗔，「張老闆，這小姐姐什麼情況，好端端地跑過來就打人，今天可是你的生日會，這不是不給你面子嘛。」

張二被嗲得麻了三秒，左看看右看看，還沒搞明白這幾個完全不搭邊的女人怎麼會有交集。

好在他還沒開始喝酒，腦子清醒得很，分清楚是誰打的誰後，稍稍鬆了口氣。

很快他便轉頭，殷勤問道：「舒姐，你手沒事吧？疼不疼？要不我找人弄點藥過來？」

季明舒輕笑，「沒事，對不住了，你生日，我應該忍忍的。」

她可真沒想過砸人場子，但好巧不巧，剛剛和蔣純一起去洗手間，那小白花婊裡婊氣的「一個巴掌拍不響」言論就那麼正正好落進了她的耳朵，一時動手，也沒多想。

張二毫不在意地擺了擺手，「嗳！多大點事！」

他又招人來，換了條毛巾給季明舒捂手，好聽的話一串串往外冒。

抽空他還回頭掃了眼小白花及其姐妹，倒也沒把她們怎麼樣，畢竟是他生日，也不想把氣氛搞得太差。

可有人不識相，季明舒都不想在別人生日會多生事了，還有人要在她轉身後做樣子冷哼。

季明舒腳步稍頓，回頭看。

冷哼的是小白花朋友，還挺傲，都不用正眼看她。

小白花則是一直捂著被打的那半邊臉，眼眶裡淚花打轉，就是不往下掉。

季明舒覺得好笑，「都當小三了，還沒做好隨時挨打的自覺，職業素養不太到位啊。你要是不服氣，那你也可以試試打回來。」

張二也突然來氣，回頭皺著眉頭不耐煩道：「你們怎麼回事？這都誰帶進來的玩意兒，存心給我奔三的這十年帶衰是不是啊？我生日你在這裡哭喪，我跟你有多大的仇？」

小白花被這一驚，剛剛還非常有技術含量在眼眶裡打轉的眼淚驀地一摔。

張二更是氣到腦子冒煙，話都不想說，只比手畫腳讓人把這幾個晦氣的趕出去。

周圍人一片靜默，也不知道是沒反應過來還是被張二這毫無邏輯的雙標震懾到了。

直到生日會結束，蔣純都還沒回過神來。

她拉著季明舒特別直接地問：「張麟幹嘛對你那麼諂媚，他們張家不是也挺厲害的嗎？和你老公好像還有生意往來，沒必要這樣吧，簡直都看不下去了。」

「他哥自然不用，可他又不是張太太生的。」季明舒輕描淡寫。

蔣純一臉懵，「什麼？他不是張太太生的？可他……他不是在張家很受寵嗎？」

「受寵跟他是私生子又不衝突，你是沒學過邏輯學？」

「沒有。」蔣純認真應聲。

季明舒一哽，又問：「你來平城幾年了，怎麼什麼都不知道？」她也真是被這隻小土鵝的無知驚到了。

可蔣純不以為恥反以為榮，一副我愚昧無知但我很理直氣壯的蠢樣，挽著她說：「以前也沒人告訴我，你什麼都知道那你教教我啊。」

「不要。」

「你剛剛都幫我出頭了，難道我們不是好朋友了嗎？你有沒有聽說什麼叫做『一聲姐妹一生姐妹』？」

沒聽過，誰跟你這小土鵝是好姐妹。

季明舒遞了個「請立即停止碰瓷」的眼神。

蔣純卻挽住她不放，還拿她在男廁上過廁所這事威脅，非要拉著她往自家的車上拽，說是要帶她去看看自己在市中心買的豪華公寓。

一路上，季明舒被蔣純纏著講了不少八卦，蔣純聽得一愣一愣。

進公寓電梯時，她們還在聊某對模範夫妻。蔣純驚訝問道：「真是這樣的嗎？我還以為他們很恩愛呢，那照你這樣說，大家都是各取所需，沒有多少人是真心相愛的啊。」

季明舒正想點頭，告訴她「現實本就一地雞毛」這一慘痛事實。

可蔣純刷完電梯卡，又自我糾正道：「不對，我看你和岑森就挺好，岑森多寵你。」

……？

季明舒一時竟無法反駁。

蔣純的公寓離柏萃天華不遠，車程大約十分鐘，也是黃金地段，只不過這邊商業區更密集，晚上會有些吵。

但蔣純自己很喜歡，她愛喝的飲料店方圓五百公尺之內全部都有。

一進門，季明舒就被震到了。

蔣純還獻寶似地給她介紹，「怎麼樣，你看這裡，還有這裡，都是我請設計師改的，它本來是個精裝房，但原來的設計太不人性化了，還很醜。」

「能醜過你改的？」季明舒頭暈目眩了幾秒，感覺自己一夜夢回九〇年代，「你是打算在家裡開農家樂？」看著被蔣純當成個寶的醜屋子，她甚至都有點不知道從哪下腳。

偏偏蔣純還很固執，拉著毫無參觀欲望的她來來回回介紹，妄圖扭轉她的審美。

季明舒停在書櫃前，看了看裡頭的書：《我的私房化妝術》、《如何抓住他的心》、《氣質美女是如何煉成的》、《提高情商的一百種方法》、《脫線天使的冷情總裁》……

見季明舒盯著那本名帶「總裁」的書，蔣純還抽出來塞給她，「名字是難聽了點，其實還挺好看的，你看看。」

季明舒避之不及，一臉嫌棄，「拿開，我從來不看這種東西的，你什麼品味。」

蔣純：「真不看？怎麼會有女生不看言情小說，你太奇怪了。」

我看言情小說也不看這種古早小白文好嗎？季明舒面無表情腹誹了句。

參觀完醜房子，兩人又坐在沙發上聊天。

季明舒向來是沒什麼時間概念的，只要不睏就能睜眼到天明。

還是蔣純忽地提醒了句：「快十二點了，你要不要傳個訊息給你老公報備一下，這麼晚沒回去，他會擔心你吧。」

季明舒下意識就想說「他又不是我老闆我跟他匯報個屁」，可為了不打破小土鵜對美好婚姻的最後一絲期盼，她敷衍地「嗯」了聲，又打開通訊軟體。

季明舒和岑森的聊天紀錄還停留在上次的彩虹屁上。

蔣純掃了眼，也沒看全，又驚訝又羨慕地感嘆道：「看不出你老公這麼會說話。」

季明舒：「……」

她想了想，如果直接按蔣純的意思，和岑森報備自己還沒回去，岑森那腦回路估計會覺得，她這突如其來的報備是在暗示自己被綁架了吧。

那說點什麼再切入主題呢。

她想起岑森煮的麵，有了主意。

季明舒：【今晚吃什麼鴨。】

傳完，季明舒自己欣賞了下，很好，很正常的對話，也不會顯得她莫名熱情。而且萌萌的語氣又會給蔣純一種「我們夫妻關係真的很好」的錯覺。

過了大概有三分鐘，岑森還真回了訊息給她。

岑森：【沒吃鴨。】

蔣純看到這訊息，先是一腦袋問號，而後又眼冒桃心興奮道：「你老公怎麼這麼萌？原來他私底下是這一型，真的完全看不出欸。」

她趕忙推了推季明舒，催促道：「他說自己沒吃東西，肯定是想要你安慰他，你快回一句！」

季明舒背脊發麻，覺得今晚的岑森萌得彷彿被盜了帳號。

下一秒，通訊軟體又進來了新訊息。

岑森：【吃筍。】

蔣純&季明舒：「……」

醜屋子裡一片寂靜，兩人齊齊經歷了從一頭霧水到隱約明白點什麼再到恍然大悟的一系列心理過程。

對視三秒，季明舒從蔣純眼裡看到了「以後別說我土了你老公比我更土」、「你老公的工作難道不需要網路嗎」這兩種飽含優越和不可置信的複雜情緒。

✕

今晚有和日本合作商的酒局應酬，桌上菜餚一半入鄉隨俗，一半遷就合作方胃口。可岑森都不大喜歡，只一道油燜筍還下了幾回筷。

應酬結束已是深夜，冷風吹散大半酒意，夜空中沒有星子。

回到家時，岑森發現，季明舒已經回來了。

早先收到季明舒的訊息，他還問過周佳恆，夫人晚上在哪。周佳恆說她晚上去了張麟的生日會，然後又去了蔣純的公寓。岑森還以為，季明舒這種派對動物，今晚不會回來了。

季明舒本來的確不打算回來，但一來蔣純的公寓實在是醜得難以入睡，二來她好不容易握住一個岑森的把柄，打算回來守株待夫好好嘲弄一番。

哪成想洗完澡躺在床上看小說，不知不覺睡著了。

岑森掃她一眼，也沒搭理。

等他洗完澡，季明舒已經換了一個姿勢霸佔床的面積，只不過手上還是緊緊地握著手機。

他走到床邊，輕輕鬆鬆抱起季明舒，把她擺成一個規矩的姿勢，然後又想把她手裡的手機拿開。

季明舒就在這時醒來了。

她睏倦地睜開眼，看了下岑森，又看了眼螢幕時間，意識根本沒有完全清醒。她翻了個身，又繼續睡覺。

她這一翻身，倒是自動鬆開了手機，而且剛剛那一睜眼，無意間解開了手機的臉部識別。

到岑森手裡的時候，螢幕正好停在她睡前的社群介面。

準確來說也不是社群介面，而是社群推送的廣告小說介面。

岑森瞥了眼。

當上官浩然取下穆紫微的眼角膜和腎臟時，穆紫微的心就已經枯萎了。

三年後，穆紫微重回北城，原本只想平平淡淡地過這一生，可那冷漠絕情冷硬狠辣的帝國統帥卻又緊緊地抱住她，「女人，想逃？這輩子你都逃不出我的手掌心。」

穆紫微眼裡滿是恐懼，「你拿走了我的眼角膜和腎還不夠嗎？」

「不夠，我要你的心。」

岑森頓了頓，也不知道在想什麼，竟然還點開了第一張圖片瀏覽了一遍。

季明舒好像睡得不甚安穩，剛剛翻了個邊，沒一會兒又翻了回來，小被子裹得緊緊的，光裸的手臂露在外面，捂住了心臟的位置。

第五章

夜裡寂靜，月光灑在湖面，泛著溫柔光暈。明水公館坐落在明水湖的中心，周圍綠植繁茂，風吹動時，會帶起一陣沙沙聲響，湖面也會被吹起淺淡漣漪。

季明舒做了個很不好的夢。

這夢反覆糾纏，怎麼也脫離不了，甚至她知道自己是在做夢，可眼皮像是被人縫合了似的，拚了命也睜不開。

早上六點，天光熹微。

季明舒終於從夢中驚醒。

她的真絲睡裙被冷汗浸濕，背後的煙粉都氤深了一個色調，脖頸下頜也都有淺淺汗光。

她睜著眼，茫然地看著天花板。數秒後，她動了動手指，摸了下自己的心臟。

噗通，噗通。

跳得很起勁。

還在，還在，幸好還在。

意識回籠，季明舒揪住一半枕頭往上翻折，蓋住自己的臉。

昨晚她就不應該看那種挖腎又挖心的小說，睡夢中她竟然給自己腦補了一齣岑森為了幫前女友治病挖她心挖她腎的離奇劇情。

現在回想起來，夢就是沒有邏輯，先挖心她不就翹辮子了嗎，哪還能活著讓人挖腎。而且岑森要敢挖她器官幫小綠茶治病，她還不得先活刨了他們岑家祖墳？

不過話說回來，夢裡的岑森真是太可怕了，還穿著白大褂戴著金絲邊眼鏡親自上陣呢，他是個變態吧。

季明舒轉頭看了眼岑森，下意識往旁邊躲了躲。

可見岑森呼吸均勻，一副熟睡模樣，季明舒不知道怎麼地，膽子又大了起來，悄悄湊近，伸出小手，冷不防地賞了他一巴掌——

「啪。」

這一巴掌打得很輕，就是拍了一下，和昨晚在人家生日會上甩的那一巴掌完全沒有可比性。

拍完，季明舒打算縮回去。

可岑森閉著眼，竟然還準確地握住她的腕骨。

「幹什麼。」他聲音像是睡啞了似的，有些低。

「你，你醒了……？你，你臉上有髒東西。」

季明舒懵了懵，完全沒明白這狗男人怎麼突然會醒，心跳被嚇得加速，一下子話都說得不太順。

岑森緩慢地睜開眼，偏頭看她，「什麼髒東西？」

目光平靜了然。

季明舒答不上來，手上使勁掙扎了下，可沒掙開。

她乾脆理直氣壯實話實說道：「我夢見你挖我腎了，一整晚沒睡好，打你一下怎麼了。」

岑森：「……」

他手上力道略鬆，季明舒及時抽回了手，還裝模作樣地捂住腎，想要證明自己沒有胡說八道。

岑森瞥了眼，「那是胃。」

季明舒一頓，立馬又換了一邊。可很快又察覺不對，人不是左右都有腎？那和哪邊有什麼關係？

她也糊塗了，左摸摸右摸摸，愣是忘了腎的具體位置在哪。

到最後她乾脆捂住心臟，振振有詞道：「你不只挖我腎，你還挖我心了，你在夢裡怎麼那麼變態！」

「沒挖你眼角膜？」

岑森輕嘲。

……？

季明舒腦子轟地一下，立馬坐起來摸索自己手機。

櫃子上沒有，枕頭底下也沒有，抬頭一看，竟然在岑森的床頭。

「你變態吧偷看我手機你這是侵犯隱私知不知道？！」季明舒快要氣瘋，抽起枕頭就打他。

「那我侵犯的可多了。」

岑森稍微側了側，目光還在她身前流連了片刻。

季明舒眼前發黑。

要不是婚前的財產分割簽得明明白白，她現在恨不得用枕頭捂死岑森直接繼承他的巨額遺產。

✕

一大早在床上這麼吵了一架，季明舒也沒心情補眠，起床梳洗打扮，還故意弄出很大聲響，讓岑森也無法再安然入睡。

等岑森被吵得也起了床，她就撩撩頭髮瀟灑出門了。

原本這一波操作直接愉悅到了她的心情，可當她打開通訊軟體準備找人出來玩的時候，她才想起自己手裡握了個岑森的把柄還沒用，一時又很生氣。

她不甘心地在網路上搜了搜，然後甩了張截圖給岑森。

看到截圖時，岑森也已經坐在了車後座。

截圖內容是網路上的一段科普解釋：「鴨。在用作語氣助詞的情況下，替代『呀』，表達一種單純的賣萌傾向……表達的情緒類似於撒嬌和賣萌，希望給對方對自身留下可愛和幼齒的印象……」

季明舒：【岑總，沒事你也多上上網行嗎，這麼不能和新新事物接軌我覺著君逸在你手裡遲早破產！】

岑森往上翻了翻聊天紀錄，忽地輕笑。

司機和周佳恆都因這聲輕笑下意識看了眼後視鏡，但也就看了一眼，誰也沒有多問什麼。跟在岑森這種寡言少語的老闆身邊久了，大家的聊天欲望和探究欲望早就變得很淡。前段時間後面車上還走了個保鏢，倒不是因為薪水不夠和工作辛苦，純粹是因為人家小夥子年紀輕輕，受不了一車人明明都長著嘴卻一整天都放不出半個屁。

很快，季明舒也收到了岑森的新訊息。

前兩則是他針對之前的截圖進行槓上開花的常規操作。

岑森：【原來你是想撒嬌賣萌，下次我會注意配合的。】

岑森：【不過你已經二十五了，不用再給我留下幼齒印象了，我沒有興趣猥褻兒童違法

犯罪。】

第三則則是君逸集團官方帳號的喜報連結。

點進去看，文章通篇都是炫耀集團在飯店業的輝煌成就，結尾處再順便為集團員工們打個氣，對集團領導們吹個彩虹屁。

當然，到季明舒這裡意思就自動變成了「放心，你孫子結婚了君逸都不會破產。」

季明舒回了個「微笑」的表情，找到岑森通訊軟體頭像，封鎖刪好友一套操作行雲流水。

✕

通訊軟體封鎖後，季明舒和岑森一週都沒見面。

岑森有為期半個月的飯店檢視安排，國內國外四處飛，一天至少三個會，確保隨時都能跟進他著手安排的專案。

季明舒則是沒經住蔣純的軟磨硬泡，答應監督她這隻小土鵝進行變身大改造。

季明舒其實也不是很懂自己為什麼要接下這種小說裡男主要幹的活兒，但既然接下了，她就打算恪盡職守嚴格完成目標不讓任何一絲土氣有逃出生天的希望。

「怎麼還有五十八公斤？」嚴格的季老師盯著體重機質問。

蔣純一臉無辜，「我也不知道，我沒有喝奶茶了，燒烤也沒有吃。」

季明舒在她還沒來得及進行改造的醜屋子裡轉了圈，然後準確地在角落揪出三盒泡麵，「那這是什麼？買水果送的？」

蔣純特別坦然，從她手裡接過泡麵，然後又重新站到體重機上，理直氣壯道：「你看，體重沒有變，這個又不會胖。」

季明舒看了眼體重機上原封不動的五十八，哽了三秒，有那麼一瞬間竟然覺得她說的很有道理。

好在思維敏捷的季老師很快想到了不對勁的地方，「你泡麵都是乾吃？吃完不消化能直接排出去？」

蔣純：「……」

竟然沒繞過去。

季老師繼續教訓，「還每天都在動態說要好好減重，你態度這麼不端正還減什麼重？怎麼不留著力氣回老家賣魚沒事滑滑社群軟體看著你前未婚夫和小綠茶喜結連理？」

「我是說了要好好減肥，我這不是天天說著嗎？」蔣純忍不住小聲頂嘴。

可見季明舒一臉「你再說一次我讓你見不到明天的夕陽」的表情，她又立馬改口，「好吧，我錯了，以後泡麵也不吃了。」

「橢圓機三十分鐘，坡度八，別想偷懶。」季老師冷冷命令。

最近每天都要踩橢圓機，蔣純一聽這三個字，就感覺大腿小腿都在隱隱作痛。

可季明舒已經站在橢圓機旁邊，冷颼颼的視線也已精準鎖定。

她深吸了一口氣，壯士斷腕般走了過去。

其實這次蔣純痛下決心要進階升級，也是想給自己狠狠出口惡氣。

那晚季明舒搧小白花巴掌的事被在場很多人錄了影拍了照，雖然離場時張二拜託了所有人刪除相關的影像資料，但仍有漏網之魚。沒兩天，那小白花當小三被搧巴掌的事就被捅到了網路上。

她現在也算是有點姓名的小明星了，網路上自然有一小撮人討論。

那小白花也不知道怎麼和嚴彧賣的慘，嚴彧竟然像中了蠱似的，衝冠一怒為紅顏，發聲明說他和小白花是正當交往，還為了她找到蔣家，警告蔣純不要再搞小動作。

蔣純當時差點氣到暈厥，恨不得請水軍買熱搜搞臭他倆讓他倆一起去吃大便！

可蔣爸做事八面玲瓏忍性極好，和和氣氣地解了婚約，還攔著蔣純，不讓蔣純多生事端，只說以後有的是機會讓嚴彧後悔莫及。

蔣純不隨她爸，是個急性子，恨不得現在就讓嚴彧加入渣男原地升天天團。

於是不要臉不要皮地纏著季明舒讓她幫忙監督，憋著口氣想要華麗轉身處處碾壓那朵小綠茶，再找個岑森這樣的好男人讓嚴彧把腸子從紅悔到青再從青悔到白跪下叫爸爸！

對於蔣純想找個好男人吊打嚴彧的要求，蔣爸是舉雙手雙腳贊成的。

蔣純比季明舒小三個月，最近這些年家裡不缺錢，自然也沒人要求她去找個正經工作賺錢養家。

蔣爸對她唯一的期待就是能找個好男人風風光光嫁了，當時她喜歡嚴彧，蔣爸就不甚滿意，他覺得嚴彧這人骨子裡不靠譜，奈何蔣純一心一意撲在人身上，他要多勸怕是只能引起女兒反感。

現在蔣純幡然悔悟，蔣爸非常欣慰，馬不停蹄地就給她安排了一場類似於相親的家庭聚會，就在下週五。

蔣爸給蔣純找的那對象季明舒也有瞭解，季明舒早就弄了照片給蔣純看過，長得還是很帥的，斯文俊朗，一看就很有文化。

經過一週的魔鬼訓練，蔣純安安靜靜的時候也算有了點淑女模樣。

季明舒一邊給她挑去參加聚餐要穿的衣服，一邊教育，「他們唐家都是知識份子，你見了人不要胡說八道，不會說就閉嘴。」

蔣純小鵝啄米般點了點頭。

週五就穿著季明舒挑選的戰袍去迎接高富帥了。

週五晚上季明舒睡得早，忘了問蔣純相親結果怎麼樣。週六一早，她又接到谷開陽找她借裙子的求救電話。

谷開陽他們雜誌請了一對螢幕CP拍雙人封面，幫女星準備的衣服卻突然出了狀況沒法兒上身，現在急著找條一樣的裙子完成拍攝。

裙子是今年的秋冬新款，季明舒剛好有一條，只是穿過一回不太喜歡，早被打入冷宮等著落灰，這時聽谷開陽說起，自是答應得毫不猶豫。

谷開陽本來是打算派助理到她家去取，她想著也沒事幹，便說自己送過去。

去給谷開陽送衣服的路上，季明舒終於想起蔣純的相親，打了通電話過去問。

蔣純接電話還接得挺快，只是聲音懨懨的，喪氣都順著訊號爬到了季明舒這邊。

季明舒：「怎麼，出師不利？」

「應該不太利吧，我也不知道自己做錯了什麼，反正那男的看我的時候，總是……似笑非笑的，笑得讓我有點發麻。」

蔣純還沒起床，趴在床上和季明舒回憶了一下相親的過程。

她回憶得很詳細，連早上用什麼口紅中午吃什麼菜她盛了幾碗飯都說得清清楚楚。

季明舒不耐煩地打斷她讓她說重點。

她頓了頓，就跳到兩人單獨相處的重點了。

「他問我喜歡什麼畫家，我哪知道什麼畫家，我就聽你說過，你老公買過幾幅八大山人的畫，我就說我蠻喜歡八大山人的，他們的畫很特別，那再多我也不敢說了。」

「等等，」季明舒以為自己聽錯了，「你覺得自己說得很少？」

蔣純不解，「我就說了一句哪裡多了，難道不特別嗎？我說的這麼模糊也說錯了？」

「不是，你以為八大山人是竹林七賢還是揚州八怪？還他們，他是一個人，不是八個人！我不是說了叫你不知道就閉嘴！」

季明舒簡直要被她氣笑了。

蔣純懵了下，「那他為什麼不戳穿我還和我一起去逛超市了，他是不是自己也不知道？」

「你自己無知不要給別人扣帽子！」

季明舒一兇，蔣純就縮了。

虛心認完錯，她又回憶起了逛超市時候的事。

「我們去那個水果區的時候，他就說了幾種我沒聽過的水果，說他很喜歡吃。然後又問我，我喜歡吃什麼水果。那我就覺得我不能輸啊，我就說我喜歡吃梨，現在那個什麼很紅的，士多啤梨，我就很喜歡，但我們轉了一圈都沒找到這個梨子……」

……？

蔣純還在絮絮叨叨。

季明舒面無表情，用標準的英式發音打斷她道：「strawberry，你仔細聽聽，strawberry，你念過小學吧？草莓，士多啤梨是草莓，不是梨子。」

蔣純：「……」

季明舒：「你出去千萬別說是我姐妹，謝謝。」

打擾了。

蔣純默默地自行掛斷電話。

✕

到了雜誌社，季明舒還是覺得又好氣又好笑。

雜誌社的人因為她和谷開陽的關係，基本都認識她，見她來了，都起身和她打招呼。

季明舒滿腦子都還是蔣純的鵝言鵝語，隨意應了應聲，一時也沒來得及注意這些人臉上稍微有些奇怪的神色。

在副主編辦公室見到谷開陽，她發現谷開陽沒有自己想像中那般忙碌，而且一見她來就立馬從椅子上站了起來，陪著小心幫她端茶遞水，神色小心翼翼。

季明舒摘下墨鏡，奇怪地問：「你不是趕著拍攝？」

谷開陽：「集團緊急下了通知，說不拍了。」

她隨口追問：「為什麼不拍？」

「那個，女方出事了，剛爆出來的新聞……」

谷開陽聲音很輕，也極其含混，給人一種特別心虛的感覺。

季明舒覺得莫名，「你怎麼回事？奇奇怪怪的。」

谷開陽見她這毫不知情的樣子，心裡來來回回掙扎，非常煎熬。

可想著早說晚說也不過就這一會兒事，於是做了做心理建設，眼睛一閉牙一咬就全盤托出了——

「好吧我說，那臭不要臉的叫張寶姝的女的和你家岑森出新聞了二十分鐘前剛剛被人爆出來！」

「現在外面還沒有發酵我們是提前接到通知的我覺得你可以先和你老公聯繫一下說不定這其中有什麼誤會你千萬不要衝動！」

……？

有那麼幾秒，季明舒完全沒明白谷開陽在說什麼。

「張寶姝」這名字，也就只有和她同音的「姝」字在她腦海中短暫留下了一個尾音印象。

「什麼？誰和岑森？」

話剛問出口，季明舒就記起谷開陽還說了個定語——臭不要臉的女的。

她面上倏地一怔，而後一言不發從包包裡拿出手機打開社群軟體。

這事對外還沒發酵，首頁根本沒有相關新聞，而且張寶姝論資排輩頂多算個四五線，不花錢買熱搜誰會閒得發慌去主動關心這種小咖小明星的戀情私生活。

季明舒對著搜尋框，也不知道該搜什麼，短暫地陷入了茫然。

大概是從什麼時候開始，她就有了以後要進行家族聯姻的自覺呢？她一時竟想不起來。

她也想不起是從什麼時候開始，男男女女之間的虛情假意對她來說就變得麻木尋常司空見慣。

這樣的事情，實在是太多了。

她一向敬佩的大伯和大伯母表面相敬如賓，實際卻沒什麼感情，各做各的互不干涉。給她留下過模糊印象的父母，也和她潛意識裡以為的夫妻恩愛沒有半毛錢關係。

成年後她偶然得知，兩人生下她好像也只是為了證明生育功能沒有問題以及對雙方家庭有個交代，生完就撒手不管。

後來兩人在出門假秀恩愛的途中出了意外，也不知道算不算是遲來的報應。

在外人看來，她季明舒父母雙亡就是個孤兒，伯父伯母們卻還對她千寵萬愛把她捧成掌上明珠，可真是前世修來了一段好福分。

事實也的確如此，大伯二伯都把她當親女兒一樣在寵，從小到大幾個表哥都沒她過得滋潤。

但她也很早就知道，當親女兒不等於她就是親女兒，這些好，是需要以她後半生婚姻為條件作出交換的。

所以從一開始嫁給岑森，她也就做好了兩人不會相敬如賓白頭偕老的準備。

「我最希望要的是愛，很多很多愛，如果沒有愛，錢也是好的。」

十五六歲時讀亦舒看到這句話還不甚明瞭，可人越長大，越覺得這話說來，好像也很公平。

只是當她站在這裡，忽然得知她老公出軌的消息，也不知道為什麼，先是覺得迷茫，而後又覺得有點慌張和難受。

「舒舒，你……你別哭啊，你可千萬別哭啊……」

谷開陽輕聲哄她，有些手忙腳亂，又有些語無倫次，見她快要站不穩，又忙把她扶到沙發上坐下。

季明舒倒沒有想哭，坐在沙發上也是下意識地雙腿側著交疊，雙手輕輕搭在膝蓋上，背脊挺直，擺出慣常的優雅坐姿，只是她雙目放空，手也有一點輕微發抖。

過了大概有一分鐘，她忽然說：「把拍到的東西給我看看。」

谷開陽沒動作。

季明舒：「沒關係，給我看吧。」

她想要看，那看到就只是時間問題，谷開陽很清楚這一點，沉默半晌，手指還是動了動。

這次的爆料是一段影片加幾張照片，爆料的標題其實和岑森毫無關係，說的是張寶姝深夜密會豐長旅行的張麒張公子，兩人形容親密，然後用上了「疑似交往熱戀」這樣的字眼。

內裡長文介紹了豐長旅行的公司背景還有這位張公子獵豔的豐功偉績，可放出來的一堆證據裡，除卻分不清誰是誰的模糊偷拍照，剩下的就是張寶姝和岑森在車前的十連拍。

這狗仔的業務水準也不知道是出了什麼問題，竟然連張麒和岑森都沒分清楚，還洋洋灑灑寫了大幾千字分析。

照片雖然沒有拍到岑森的正臉，但他的車型，手上的婚戒和手錶，還有在笑的側臉以及站在不遠處的周佳恆，都是確認身分的強有力佐證。

更別提和他肌膚相親的季明舒，只一眼便能辨認出他的身形。

他竟然還在笑。

對一個名字都沒聽過的三百八十線小明星在笑。

他對別的女人都是這麼溫柔體貼的嗎？他在床上是不是還會跟別的女人講他老婆就是個無趣的花瓶？

季明舒的腦子像是要炸開了般。

看到圖片和聽到消息時的衝擊力完全不在同一個等級。後面還有一段在張寶姝公寓親密共度八小時的影片，季明舒已經完全沒有勇氣點進去看，握住手機的手都在顫抖，也不知道是怎麼控制住自己沒把手機朝牆壁摔過去。

她恍然間想起兩人結婚的時候，依照雙方家庭要求，辦了個她不喜歡的中式婚禮。當時想，人她也不喜歡，那婚禮形式又有什麼重要，湊合湊合過吧。

當時她很瀟灑坦然，且在婚前，還和岑森對婚後生活約法三章。約法三章的第一條便是，兩人恩愛夫妻的人設不能崩，不管在外面如何，但永遠不能鬧出事情明晃晃地打對方的臉。

岑森那時候保證得很簡短，只說了「不會」二字，她也就信了。沒想到，不過短短三年，這信誓旦旦的保證就翻了車。

也沒想到，真的到了這一刻，她的心裡有點酸脹鈍疼，不只是被這狗男人打了臉的驚訝和憤怒，更多的是類似於委屈和喘不過氣的悶。具體要她說，也說不明白。

谷開陽見她這樣，也覺得很難受。

兩人是在國外念書時認識的，她是家裡砸鍋賣鐵送出去不敢有一絲懈怠的窮學生，而季明舒是眾星捧月的天之驕女。

她剛出國的時候，就聽本地的留學圈子裡傳，室設專業的季明舒為了讓自己的項目達到最佳效果，竟然直接買了間房子。

在當時作為一個沒見過世面的小新生，她著實被狠狠震撼了一把，而且那時候完全沒有想到，留學圈子裡口口相傳的風雲人物，會主動和她產生更多交集。

兩人認識這麼多年，季明舒從來都是天邊最耀眼的那顆星星。

和季明舒待在一起久了，她會覺得，這個世界有這樣的美好存在是一件很奇妙的事情。

她一點也不想看到，有朝一日，星星謝隕。

她沉默地走到季明舒身邊，想安慰點什麼。

可季明舒頭都沒抬，只輕聲說：「讓我靜靜。」

谷開陽轉身看向窗外，捂了捂額，又往下抹了把臉，無聲地往外呼氣。

過了會兒，她安靜地退出了辦公室。

退出的時候她把門縫開得很細，不想讓外面的人看見季明舒現在的樣子。

她的小仙女，就應該永遠漂亮鮮活。

「哎，今天你們組不是拍張寶姝和成毅的雙人封？」

在谷開陽坐鎮、整個編輯部大辦公區都很低氣壓的情況下，忽然有人闖入，還哪壺不開提哪壺地這麼問了一句。

隨即，來者好像是想起了什麼，「難不成因為張寶姝那事取消了？那男的不是張麒吧，是君逸的岑總啊。」

她看向谷開陽，「哦對了，岑總不就是你那個白富美閨蜜的老公嗎？你還有心情坐這裡，還不去安慰人家？還是說她們這些白富美就喜歡頭上帶點綠啊？」

惡意倏然明顯。

「石青，我今天不想跟你吵，你最好現在就給我滾出去！」

谷開陽的目光從螢幕上移開，冷冷淡淡地落在來人身上，說出來的話也很冷淡。

有人工作的地方就永遠不缺辦公室爭鬥，谷開陽和石青從一入社就開始互別苗頭，並且由暗轉明誓不甘休頗有幾分纏纏綿綿到天涯的架勢。

平日谷開陽和季明舒在一起玩，只要一提起工作就要罵幾句石青，久而久之季明舒也記住了這號人物。

石青自然也知道季明舒是谷開陽的好閨蜜，自動劃了陣營，自是早就看她不順眼，再加上有幾回在雜誌社碰面，兩人起了點爭執，早結了樑子。

平日石青也沒辦法對季明舒做什麼，畢竟見面都難得，但她私底下一筆一筆都記得明明白白，恨不得有朝一日能讓谷開陽和季明舒這對姐妹花連本帶利還得清清楚楚。

現在很顯然就是那個「有朝一日」。

「實話還不讓人說？人又不在這你諂媚個什麼勁，不就是看人家有錢抱人家大腿？說起來你怎麼不讓人家幫你介紹個高富帥嫁過去當富太太？多輕鬆啊，頭上長點草就長點草囉，為了錢有什麼不能犧牲的。」

石青說得很是起勁，嘴臉也是分外難看。

谷開陽「啪」地一下摔開鍵盤，一副衝上去就要打人的架勢，旁邊的小編輯忙拉住她，嘴裡還勸著：「谷姐算了算了。」

今年石青在雜誌社一直被谷開陽壓制，好不容易有個機會出口惡氣，自然是越發地變本加厲。

「你還想打人是吧？打啊！來來來，來打我。」

「我說錯什麼了，季明舒她平時不是很囂張嗎？眼高於頂盛氣凌人的不就是仗著老公有幾個臭錢？別以為我不知道，她在季家算個什麼東西！又不是她親爹親娘，還真以為自己是家裡的小千金小公主啊？養著她不就是為了結個好親家！高高在上個什麼勁兒，她敢離婚嗎？老公出軌還不是屁都不敢放一個！」

谷開陽眼睛都氣紅了，「讓開！誰他媽都別拉著我！老娘今天不撕了這個小賤人就不姓谷！！」

谷開陽話音未落，副主編辦公室的門「砰」的一下就被推開！

季明舒今天穿的是一雙綁帶高跟，鞋跟被精心打磨成品牌字母的形狀，踩在大理石地板上，會發出滴滴答答的聲響，緞帶略帶光澤，繞過瘦白腳踝繫成結，有種冷豔精緻的美感。

她就踩著這雙鞋滴滴答答一路敲到石青面前，目光由上至下緩慢遊移，又伸手，稍稍抬了抬石青的下巴。

空氣在季明舒的細緻審視中似乎變得安靜。

過了很久，季明舒一字一句問道：「那你又算個什麼東西？」

她補了唇膏，顏色是霧面質感的正紅，唇形完美精緻，說出的話輕巧、緩慢，還很冷淡。正如石青所言，站在面前便是渾然天成的盛氣凌人。

季明舒：「包是假的，耳環是拿圖片找人仿的品牌經典款，你對設計沒有半點尊重，又怎麼配在雜誌社工作。」

被拆穿的一瞬間，石青腦子裡「嗡」的一下，羞憤得從耳後根到脖頸都染了一片紅。

「看不慣我對嗎？所以只要我稍不如意你就要跳出來羞辱我對嗎？可你記住了，我季明舒再落魄，也永遠輪不到你來說三道四。」

她抬著石青下巴的手倏然一鬆，像是嫌髒，又從旁邊辦公桌上隨手扯了張衛生紙擦了擦。

辦公區內一片靜寂。

季明舒擦完手，就戴上墨鏡，拿起剛剛在谷開陽辦公室列印的東西往外走，半點表情都沒再留。

✕

季明舒讓司機徑直開往君逸集團總部大樓，窗外風景翻飛，她也沒有興趣欣賞，不管是閉眼睜眼，總有很多和岑森結婚以來的畫面在腦海中反覆重播。

她本來想先通知岑森一聲。

可打開通訊軟體，才想起她把岑森的好友給刪了，新好友那裡，也沒有來自他的申請。

本來就不該有的，她也不知道自己為什麼會抱著一種試試看的心情點開來看。

她很認真地想，有時候是不是真有一些命中註定的東西，比如說：她和岑森命中註定就不會合拍。

記得小時候岑森剛到南橋西巷那時候，她就覺得這個哥哥長得可真好看，於是特別難得地主動向他釋放了幾次善意，還把自己喜歡吃的零食分享給他，可他始終沉默寡言，對她愛答不理。

熱臉貼了好多次冷屁股之後，她也沒了那麼好的耐心，甚至小小年紀就有點因愛生恨的意思，糾集朋友們孤立他。

不過岑森比她和她那群同齡朋友要大個一兩歲，本身也不在意他們這群幼稚鬼的孤立。

這之後一路小學、國中、高中，岑森始終比她高兩個年級，不管在哪都是挑不出錯的模範生，老師交口稱讚，上臺演講的十回裡八回都是他。

她就覺得很煩，對他這種範本一樣的存在感到越發嫌棄和不耐，有時候在學校遇見，她也是目不斜視和他擦肩而過順便帶聲冷哼，或者用泡泡糖吹個泡泡然後再「啪」的一聲吹破。

岑森就更冷漠了，看都不看她一眼，直接無視她的存在。

所以後來陰差陽錯睡了一覺又順理成章地結婚，岑森也還是像小時候一樣，對她哪裡都看不上。

只不過成年人的世界多了一層偽裝，他會裹上一層溫和的外衣來養著她這隻並不喜歡但願意睡一睡的金絲雀。

——平日和谷開陽開玩笑她偶爾會自嘲自己是金絲雀，仔細想想，竟然也意外地貼切。

⌘

週末上午，平城金融中心依舊人流如織。

為期半月的飯店檢視剛剛結束，落地平城，一大早又開了場會，岑森早餐還沒來得及吃，邊往辦公室走邊吩咐助理煮了杯黑咖啡。

「什麼情況，哪家媒體報的。」

回到辦公室，岑森戴上眼鏡，接著看手頭的新飯店評估資料，順便問起先前的事。

剛剛回程時，周佳恆在車上略略跟他說了個大概，說是有個八卦新聞和他有關，可馬上要開的會需要集中精神應對，他也沒心情多聽。

周佳恆將來龍去脈詳細講了一遍，略微一頓，又說：「開會的時候，張寶姝小姐和張總那邊都打電話過來道歉了，兩邊都說是個誤會，新聞馬上就會撤下。」

「誤會。」岑森視線都沒移，邊在文件右下角簽字，邊沉靜吩咐，「打電話告訴張麒，西郊景區的飯店專案君逸決定停止跟進。私事都會連累合作方，我很難相信他們在工作上能有一個端正的態度。」

周佳恆垂眼，「是。」

岑森話鋒一轉，忽然問：「太太呢。」

可他不知想到些什麼，沒等回答，又自己接了話，「算了，今晚的安排取消或者往後推，你現在去取上次謝先生送的手鍊。」

周佳恆再次應「是」，見岑森沒再開口，他安靜地退出了辦公室。

辦公室一片寂靜，岑森揉了揉眉骨，又靠在椅背裡閉眼休歇了半分鐘，預感今晚還要打一場硬仗。

✕

「女士，請問你……」

「讓開。」

季明舒看都沒看大樓保全，踩著高跟，氣勢凜然。

平日幾乎在季明舒跟前隱形的保鏢終於出面，向保全人員說明身分。

季明舒也不回頭搭理，就這麼任人開路，自己則戴著墨鏡雙手環抱在身前，面無表情地走進了岑森的專用電梯。

「那女的誰啊，好漂亮，還很颯欸，看起來好像明星。」

「她進的是總裁辦公室的專用電梯，應該是岑總女朋友。」

「岑總不是結婚了嗎？」

「難不成那就是他老婆？」

前臺正在低聲討論，安保那邊順勢幫她們確認了答案。

對，沒錯，就是岑總的老婆。

於是在季明舒坐電梯的這幾分鐘時間裡，岑太太大駕光臨直殺總裁辦公室的消息就像是提前開通了5G網路般在集團大大小小的群組裡迅速傳開。

「總裁夫人這來勢洶洶的架勢我怎麼感覺像是來捉姦的。」

「捉姦？岑總和他助理辦公室的哪位美女有姦情嗎？」

「沒辦法吧，每次出門女的都隔他一丈遠了，還不如說他和周助有姦情呢。」

「女人，你吸引了我的注意，筆給你，同人文安排一下，謝謝。」

雖然有人看出季明舒的捉姦氣勢，但由於那條小咖新聞早在她來的路上就被扼殺於搖籃，所以也沒人八卦到那位女明星身上。

集團員工都知道她來了，岑森也不至於眼盲耳聾到一無所知的地步，更何況她身邊還跟著保鏢，為她開路本就是來自他的一種默許。

季明舒到達六十八樓時，辦公室的大門已經為她敞開，岑森那極有氣勢的一排助理也都起身列隊恭迎。

季明舒面無表情，在心底給自己打了打氣，半步未停直接走進岑森的辦公室。

岑森正坐著辦公，還戴了副淺金色的細邊框眼鏡，很有斯文敗類的氣質。

季明舒停在他辦公桌前，心裡還念了聲預備備，然後把手中列印好但沒裝訂的離婚協議書往他腦袋上一砸——

「離婚。」

她的聲音早在來的路上就默默試調了好幾次，務求達到不屑中帶點冷漠，施捨中帶點決絕的高冷質感。

說完，她的雙手重新環抱到身前，居高臨下看著他，眼神睥睨。

「……」

岑森閉眼按住紙張，安靜三秒後又將其壓至桌面，沒抬眼，有短暫的沉默。

事實上，在知道季明舒跑來君逸的那一刻，他就做好了應對準備，甚至還想好了如何簡化解釋流程，縮短廢話時間。

但，不得不承認，他從來沒有想過季明舒會提離婚。

在回國後的這段時間，季明舒好像總在為他製造一些意外，而這一聲「離婚」，更是意外中的翹楚。

他取下眼鏡，輕捏鼻樑，然後打開了季明舒身後的投影設備。

「回頭。」

季明舒下意識地往後看了眼。

螢幕上很快出現了一段行車記錄器的影像資料，雖然設備沒有錄到人臉，但季明舒很快將其與她在雜誌社看到那些照片對上了。

行車記錄器的聲音有些嘈雜，錄得不算清晰，但辦公室內寂靜，她認真辨聽，好像聽到了「不如我太太」、「洗把臉清醒清醒」這樣的關鍵字眼。

季明舒正恍然大悟中略帶一點疑惑，就在這時，周佳恆剛好敲門。

岑森：「進來。」

周佳恆走進辦公室，見到季明舒，彷彿並不意外，只禮貌地點點頭，緊接著又向岑森一板一眼匯報道：「岑總，我已經向張總傳達了您的意思，但張總還想親自和您通話。」

「把電話接進來。」

周佳恆應聲，又將手上的紅色天鵝絨首飾盒放在他的桌上，「這是太太的手鍊。」

說完，他又悄然退場。

很快張麒的電話就接進了辦公室，岑森直接將其擴音。

然後季明舒就聽張麒這個免費講解員叭叭叭地講解了一通事情的來龍去脈，總之在張麒的嘴裡，岑森就是一朵清清白白坐懷不亂不為美色所惑的天山雪蓮。

而岑森只時不時「嗯」一聲，手裡把玩著那條鑽石手鍊。等季明舒聽明白了，他就直接掛了電話。

「……」

季明舒直勾勾地盯著他手裡的手鍊。

她認出來了，那是她之前關注的一場拍賣賣出的限量版，成交價倒不算誇張，但設計特別，款式簡約大方，她還有點小喜歡。

不對，這好像不是現在該關注的重點。

她回了回神。

噢，所以，她從雜誌社一路難受到現在回憶往昔展望未來腦補了一堆有的沒的還差點為了這個狗男人嚎啕大哭人設崩壞——全部都只是一場誤會。

……

真是精彩。

她那點傷春悲秋的情緒在一瞬間跑了個精光，剩下的只有對自己這一路上演的荒唐內心戲感到一陣，淡淡的尷尬。

「還離嗎。」

「……」

沉默是此時的小金絲雀。

岑森鬆了鬆領結，神色自若地看著她，「如果我做得不夠好，你實在忍受不了，非要離婚，那我尊重你的意見。」

「不過明舒，你可能需要我幫你回憶一下婚前協議，離婚以後，你恐怕沒有辦法繼續搜集稀有皮包，坐私人飛機去巴黎看秀，眼都不眨買下十五克拉斯里蘭卡帕德瑪藍寶鑽戒……」

「等等，」季明舒已經清醒，「我覺得……我還能再忍一下。」

淡淡的尷尬又加深了些許。

季明舒也是沒想到他這沒上網的還挺能說道，竟然知道她喜歡搜集包包還有買各種寶石鑽石，並且在此刻還拿出了一條有點小漂亮的手鍊賄賂她。

那她當然是十分感動並欣喜地選擇接受了。

聽到季明舒的回答，岑森也不知道為什麼，心底驀地一鬆。

他面不改色，起身走到季明舒面前，然後抬起她的手腕，為她戴上那條鑽石手鍊。

清淡的冷杉味道襲來，季明舒耳根有點紅，也不知道為什麼，尷尬之外，心裡還有小小的，抑制不住的小喜悅。

她對自己催眠道：一定是因為以後可以繼續揮金如土太高興了。對，沒錯，就是這樣。

她憋住想要往上翹的唇角，清了清嗓子，強調道：「你如果真的出軌，我也是真的要離婚的，這一次就算了，原諒你。」

岑森輕笑，「感激不盡。」

第六章

鬧了這麼場烏龍，已經快到吃飯時間，岑森讓周佳恆訂了附近一家餐廳。

季明舒本來不太想去，她每次和岑森在外面吃飯胃口都特別不好。

岑森吃東西不愛講話，而且看起來慢條斯理，但實際進食速度很快。

吃完就那麼坐在對面看著你，還時不時看看手錶，就像讀書那時候監考老師站你面前說「隨便寫寫就好了快點交卷還剩五分鐘還剩三分鐘還有最後一分鐘」，這誰頂得住。

可是剛剛鬧完烏龍，又收了手鍊的賄賂，她不好駁這便宜老公的面子，只好假裝出一副欣然同意的模樣。

岑森還有一點工作沒有做完，季明舒也難得大方地表示理解，「你做，沒關係，我可以自己在大樓轉一下。」

岑森：「那讓周佳恆帶你，有什麼事，都可以找他。」

季明舒比了個「好」的手勢，又越過岑森看了眼辦公桌。

那份從他腦袋上砸下去的離婚協議書正靜靜躺在桌面。

她先一步溜達到桌前，若無其事地將其抽走藏在身後，然後輕輕快快地離開了辦公室。

得虧她摔下去那時候岑森連個眼神都沒落在這紙上，她沒學過法律都能看出這份網路上下載的離婚協議書到底有多不正式又有多麼蒼白，要是被岑森看到，還指不定拿捏著怎麼嘲諷。

岑森辦公室對面是總裁助理辦公室，助理辦公室兩面靠牆，另兩面做了環形玻璃圍繞的通透設計，裡頭所有位子都面朝總裁辦公室。

季明舒一出來，總助辦的幾位助理就第一時間注意到她，很有默契地齊齊起身，朝她點頭招呼。

季明舒稍稍一頓，也輕輕點頭回以招呼，緊接著又轉頭問周佳恆：「這些都是岑總的助理？」

她默數了下，一共九個，那加上周佳恆就有十個，他一個人要用這麼多助理？是生活不能自理嗎？

「是的。」周佳恆點頭。

他引著季明舒往裡，一一介紹道：「這兩位是岑總的翻譯助理，羅助精通四國語言，王助以前在翻譯院工作；李助主要負責岑總與集團海外部門的對接，黃助現在是負責岑總與集團內部還有岑氏的對接這一塊……」

「分工真細緻。」

季明舒沒有任何工作經驗，也不是特別懂他說的那些具體職能，差點被繞暈，聽完故作了然地點評了一句「細緻」，又說：「你們忙，不用管我，大家……工作辛苦了。」

助理們又齊齊一鞠躬。

季明舒差點以為他們要集體喊上一句「為總裁服務」，下意識往後退了小半步。

說起來，她這總裁夫人沒少光臨旗下飯店，但總部還真是第一回踏足。

溜達到吃飯時間，她和岑森恩恩愛愛地挽著手，在員工們的注視中離開了集團大樓。

與此同時，八卦也在集團內部擴散開來。

「總裁夫人有點好看。」

「有點？？？我不同意你這個量詞！」

「細心的我已經發現，總裁夫人下來的時候手上多了一串鑽石手鍊，嘻嘻。」

「？姐妹你可真是個狼人。」

「姐妹你這麼細緻入微要不要來我們打掃擦擦灰塵？」

「夫妻恩愛鑑定完畢。」

✕

這邊季明舒和岑森塑膠夫妻和好如初，另一邊張寶姝卻因曝光之事惹了身大麻煩。

「請您相信我，這真的只是個誤會，我也不知道為什麼會突然……」

張麒不耐打斷，「裝你媽還在我這裡裝，你他媽自己幾斤幾兩重掂量不清？還敢玩我！我告訴你你他媽再敢在我面前晃一回給我等著瞧！」

「我……」

張寶姝還沒來得及再說些什麼，張麒就直接掛了電話。

她握著手機，唇色蒼白，坐在沙發上渾身發抖。

其實最初不過是她一念之差，想利用自己和張麒的關係炒炒男友條件優越的低調白富美人設。

心想外面新聞這麼多，再加上露水情分，張麒也不至於為一則似是而非的新聞找她麻煩。哪成想初識那夜應酬，剛好有記者得到會所的內部消息，過去蹲原本赴約的另外一位女星的新聞，結果那位女星連人影都沒蹲到，倒是順手拍下了她和岑森的照片。

她心念一動，乾脆要記者將新聞稿中的照片換成岑森，文字內容和影片不換。這樣後續可以再找人自行炒作，揭穿爆料中的照片不是張麒，而是身家更為雄厚的岑氏少東家。

她想的是即便岑森那邊過來找麻煩，她也可以裝不知情撇清自己，只說是記者搞錯了，她是和張麒有那層關係。

可沒想到，岑森根本就懶得找她，直接找了張麒的麻煩中斷了兩家合作，這便直接導致了張麒來找她的不痛快。

她大腦一片空白，既迷茫，也恐慌。

✕

中午時分，金融中心附近的法式餐廳顧客很少，空氣中有溫柔音符躍動，侍者無聲地來回穿梭。

今天主菜是法式烤小牛排還有炒蘑菇，等侍應離開，季明舒又繼續重複問了遍剛剛的問題，「那你為什麼對她笑？」

之前在辦公室她一下子被糊弄過去也忘了細節，等到餐廳，吃著吃著，她忽然想起照片裡岑森那少見的笑。

也是奇了，他在自己老婆面前就一臉冷漠連床事結束也不見露個溫存笑容，在那三百八十線面前笑得還挺開心。

一想到這，季明舒就胃口盡失，左想右想，還是問了出來。

岑森晃了下紅酒杯，深深地睇了她一眼，「我不是對著她笑。」

那是對著阿飄笑嗎？

這狗男人說話說半句，又自顧自吃起了東西，沒有再繼續解釋的意思。季明舒一頭霧水，實在沒忍住，又找回偷拍的圖片看了看。

笑的那張圖，岑森的視線好像是往下垂。

她暗自比劃，順著他視線，落到了張寶姝的包包上。

這個包……

連岑森這種對女生穿著打扮不甚在意的人都能一眼認出，季明舒又豈會不如他敏銳。

她立馬就想起了他們第一夜，自己拿包套住他腦袋一頓暴打並且放話說要弄死他這個變態的一系列豐功偉業。

沉默片刻，她放下手機，又拿起刀叉，無事發生般說道：「這家法餐還滿正宗，牛排不錯。」

岑森淡淡地瞥她一眼，沒接話。

如往常般，這次用餐又是一次監考老師坐在面前催交考卷的煎熬體驗。

正當季明舒受不了想讓岑森自挖雙眼別再盯著自己吃東西的時候，岑森忽然問：「過兩天江徹、趙洋他們回平城，會在和雍會聚一下，你去不去。」

季明舒抬頭，「我去幹什麼。」

岑森：「隨你。」

「……」

「你這是邀請人的態度嗎？不想讓我去就不要問，你是不是不想讓我去？那我還非要去。」

季明舒還有點小脾氣了。

岑森揉了揉眉骨，再次感覺到了和這位腦子被鑽石閃到短路的太太存在嚴重的交流困難。

他不再多話，只說：「到時候我派人接你。」

✕

江徹、趙洋、舒揚他們幾個和岑森是一起長大的男孩子，岑森回到南橋西巷後，幾人便慢慢玩在一起，後來又一起上學，算是有著十幾二十年交情的兒時玩伴。

季明舒自然也認識他們，只不過她從小帶著朋友孤立岑森，對和他玩在一起的小團體也沒多少好感，學校遇見通通都是冷哼白眼和吹破口香糖泡泡的待遇。

當然，這只是來自季明舒單方面的不順眼，他們幾個男生都比她大，看她也就像看嬌縱的小妹妹似的，沒事還會和她逗逗趣。

倒是當初季明舒和岑森冷不防地傳出婚訊，這群兒時玩伴驚得開了眼，直佩服兄弟膽子大財大氣粗什麼女孩都敢娶，甚至還隱隱有些同情。

和雍會的「南柯一夢」包廂，一盞暖黃方燈斜斜照在半遮半掩的屏風後面，江徹點了支菸，猩紅火光只細細一線，明明滅滅。

他點完，將菸盒推至岑森面前，岑森沒接。

趙洋現在在當醫生，平日也不抽這玩意兒。

倒是舒揚朝新交的小女友揚揚下巴，示意她去幫自己拿。

趙洋和舒揚這兩人一向是比較能鬧騰的，尤其是舒揚，平日在外還要叫上幾個公主熱鬧熱鬧，今天還是聽說季明舒要來，才不敢叫不三不四的女人，不然季大小姐估計又得潑他一身酒罵他拉低自己檔次還要罵他不配和自己共用一個「舒」字了。

岑森是個喜歡安靜的人，鬧騰的事情參與不來，通常和江徹的交流要多一些。

而且兩人有共同投資的專案，湊在一起，多是聊工作。

這時幾人也是坐在四方桌前，邊玩撲克牌邊說話，岑森和江徹一開口就是金融詞彙，舒揚就很不耐煩聽。

舒揚：「我說你們倆，好不容易出來聚聚能不能不要再說你們那些七七八八的項目了？」

「尤其是你啊森哥，你說你賺再多錢不都給季明舒那女人花了嗎？我跟你講她就是你有多少她能花多少絕對不嫌多，你難道還指望她為你勤儉持家幫你省錢多富上幾代？我勸你可別這麼拚了，人生在世對自己好一點，好嗎。」

趙洋看了眼時間，順勢也問岑森：「森哥，你老婆怎麼還沒來？」

沒等岑森接話，舒揚就直接幫他說了，「這還用問，季大小姐沒三五個時辰梳洗打扮能出門？」

趙洋和江徹都忽地輕笑，對他的回答表示無聲贊同。

舒揚喝了點小酒有點上頭，又繼續發表他的高談闊論，「森哥，你知道你這叫什麼嗎？你這就叫賺最多的錢，養最貴的金絲雀！」

「我就比較經濟實惠了，錢也不用多賺，不養這什麼小鳥花瓶，普普通通就好，我能一天換一個，幾年不重複！」

他越說還越驕傲，吧啦吧啦地一張嘴停不下來。

岑森手裡握著撲克牌，不經意間瞥見屏風後的閃閃高跟，抬頭睇了舒揚一眼。

江徹也撣了撣菸灰，輕咳一聲，端起桌上的加冰威士卡。

可舒揚沒能體會他倆的提醒，還要把埋在地底下的地雷一個個地踩個起勁，「欸對了，森哥，李文音那書念完了，這段時間恐怕就要回國，你知不知道？」

江徹剛剛是假咳，這下可真是被嗆到了。

趙洋也已經感受到了空氣中的危險氣息。

「要我說李文音也挺漂亮的，而且那股文藝氣息還真有點特別，而且人家搞文藝工作的，不奢侈！」

他說著說著，很奇怪，終於感覺出有點不對，這點不對源自於他背上的寒毛竟然自個兒就直直地豎了起來。

大概停頓了那麼兩秒，他聲調忽地提高，「但是！男人賺錢就是給女人花的，就像森哥，我就特別羨慕森哥，有懂花錢的女人幫他花錢啊！」

「小舒那麼好的品味那麼好的身材長得那麼漂亮，你們說說整個平城還能不能找出第二個？平城唯一！帶出來真是加倍有面子！這不就是男人存在的價值嗎？你們說說森哥怎麼就這麼好的福分能娶到這種仙女似的老婆呢？！」

包間內寂靜三秒，岑森、江徹還有趙洋都齊齊看向舒揚，岑森和江徹還好，趙洋對他的不齒和嫌棄簡直是明晃晃地寫在了臉上。

可舒揚的臉皮比黃河底下的淤泥還厚，到了這時，他還堅強地假裝無事發生，回頭作驚訝狀，「哎喲，小舒，你可算是來了！來來來，哥哥瞧瞧，這打哪裡來的大美人哪！」

季明舒皮笑肉不笑，捏著包包就從他腦袋上削了過去。

他慣會裝樣，立馬就「哎喲哎喲」地叫喚起來。

「閉嘴吧你，我還沒嫌你頭髮太油弄髒了我包包你叫什麼叫。」季明舒想翻白眼。

這兩名字帶「舒」的從小就很能說，大家早就習以為常，這時他倆你一句我一句地鬥嘴，其他幾人都識趣地不往裡摻和。

江徹若無其事般出了對Q，岑森也跟上對K，趙洋則敲敲桌邊，「Pass。」

季明舒從上至下嫌棄了一通舒揚，和以往每次鬥嘴一樣取得壓倒性勝利後，又徑直坐到了岑森旁邊。

岑森朝她示意了眼撲克牌，她理所當然地接過，還特別理直氣壯地直接從江徹和趙洋那看了眼牌，然後對照著調換出牌順序。

「九、十、J、Q、K，順子；三個四帶兩張；對五；好了，出完了。」

「……我去。」趙洋把牌一蓋，伸長脖子往前看了眼，「這誰受得住？」

好幾年沒見過這種玩法，他還有點久違地發懵。

季明舒已經開始清算戰果，「你一個包，你三個。」

「我為什麼三個？」江徹懶懶抬眼，問。

季明舒：「他現在好歹也是個為人民服務的白大褂，你就一個剝削老百姓的無良資本家，你三個怎麼了。」

趙洋瞬間有種自己占了大便宜的錯覺。

季明舒還對著江徹振振有詞繼續道：「再說了，你哥們剛剛才說，誰賺的錢多誰就要多為金絲雀做貢獻，你三個，很公平。」

江徹不以為然，「噢，他不是我哥們。」

……？

「我剛剛不是這麼說的吧？」舒揚一腦袋問號，轉頭又看江徹，「不是，三個包你有必要這麼翻臉不認人嗎？」

江徹：「那你買。」

「我買就我買，買十個！」

季明舒即時上演變臉如翻書，笑咪咪托著下巴說：「謝謝揚哥。」

舒揚吹牛不過腦子，這時回過神想起自己答應了什麼，又轉頭想激激岑森，挽回點損失，「森哥，你平時怎麼虐待她了？包都不給買，還要來坑我們的？」

岑森根本不受他激，只平淡道：「小舒比較勤儉持家。」

季明舒也適時奉上一個「良家婦女勤儉持家」的笑容。

舒揚：「……」

你倆可真是絕配，趕緊鎖了別再出來禍害良民了。

✕

幾個老朋友打牌不過消遣玩鬧，季明舒也不至於真收他們包包，只不過嘴上大家都讓著她，好久不見，也都喜歡開她玩笑。而季明舒則是在替代岑森，彌補氣氛中他缺失的不甚活躍的那一角。

大家都是聰明人，全程都沒有人再提「李文音」這一地雷。

李文音是岑森的前女友，緋聞期長達三年，實際任期三個月。

其實前女友也不是什麼不能提的禁忌話題，但關鍵就是，李文音和季明舒兩人很不對盤，中學時代就互別苗頭，鬧了不少不愉快。

而且李文音看似灑脫，但時不時就要表現一下對岑森的餘情未了。

季明舒和岑森結婚的第一年，李文音就靠一則初戀小故事〈我的前任結婚了〉在社群大紅。

那篇貼文後來雖然以「不想打擾對方生活」為由被李文音自行刪除，但在網路上被大量轉載，如今還時不時被人引用。

聚會結束回家，季明舒一路都沒說話，她看窗戶看手機看後視鏡，妄圖透過所有能反光的物質側面觀察岑森的微表情變化。

可岑森沒表情，更不用談什麼變化。他上車就睡，腦子裡還像裝了雷達似的一到家就醒。

季明舒也不知道為什麼，就很氣，完全不想理他。

岑森對她的小情緒渾然不覺，本來還想養精蓄銳回家過過夫妻生活，沒想到洗了個澡出來，季明舒已經睡熟，他也沒多在意，只在心裡將過夫妻生活的日子往後挪了挪。

✕

之前因張寶姝事件推遲的雜誌拍攝已經恢復，《零度》那邊換了一對螢幕CP，裙子還是要照借。

季明舒現在看那條裙子不順眼得很，恨不得直接送給他們，自然是一口答應。

週四上午，她帶著蔣純一起去了《零度》，打算讓這隻小土鵝也受點時尚薰陶。

今天拍攝的這對螢幕CP是時下的流量花生[1]，因合作偶像劇走紅，各自唯粉多，CP粉也多，粉絲們立場不同，三天一吵五天一罵的，硬是把這數不出啥作品的兩人吵成了流量。

「阿澈那邊的打光再稍微近一點……對對，就這樣。」

谷開陽穿一身時髦的小西裝，雙手環抱著站在棚內指揮。她這新官上任有段時間了，副主編的架勢擺得也是越來越足。

1 靠炒作流量走紅的明星。

季明舒和蔣純坐在攝影棚角落，邊看拍攝邊低聲交談。

季明舒：「昨晚幹嘛去了你？本來準備叫你出來看電影，電話也打不通。」

蔣純：「打不通嗎？可能是訊號不好吧，昨晚唐之洲請我看電影了。」

季明舒轉頭看她，「八大山人和士多啤梨之後唐教授還願意理你？」

蔣純：「你什麼意思，我雖然文化素養不高，但我很真誠的好嗎？你跟我講了之後我就傳訊息跟他道歉了，他說沒關係，還誇我可愛呢，欸我之前不是跟你說了，我還去聽了他的公開課嘛！」

季明舒用一種「他是不是瞎了」的眼神看著蔣純。

蔣純強行誇了自己一波，又想起昨晚和唐之洲一起看電影時的小曖昧，耳朵紅了紅，忍不住伸出鵝爪拍了下她，並強行轉移話題道：「你還說我，岑森和那三百八十線到底怎麼回事啊，我都沒看到起因經過怎麼就到結果了？」

季明舒：「都說了是個誤會，那女的名字叫什麼我都沒記住，你問我有什麼用。」

這事問季明舒確實沒用，她從頭到尾就弄明白了岑森沒出軌這一件事，其他的她不知道也不關心。

不過谷開陽很清楚來龍去脈，攝影師接手拍攝後，她就向季明舒和蔣純講解了事情的番外篇，大致就是張寶姝是如何作妖的，以及她的未來又如何令人嘆息。

「本來還挺有前途的一個小女生，現在，哎。你說她惹誰不好惹張麒，張麒特別記仇。」

「而且這種小女生嘗過風光的滋味，你要她退圈找份朝九晚五的工作那也不可能，反正以後的路很難走就是了。」

蔣純想起搶走嚴彧的同款小白蓮，半點同情心都提不起，只評價一句「還不是她自己作的」，稍稍一頓，她又問起別的事，「對了，你們說的那個叫石青的呢。」

谷開陽挑眉，做了個抹脖子的動作。

蔣純：「被炒了？」

谷開陽：「對，說起這個我還覺得挺奇怪，那天的事說到底還是我和她的私人恩怨。舒舒說不是她幹的，那我也不知道集團為什麼要炒掉她。」

蔣純突發奇想，看向季明舒，「會不會是你老公幹的？」

季明舒：「……？姐妹你是不是小說看太多了？」

蔣純被她那不可思議的表情鎮住了，一時安靜，也開始懷疑自己推論的合理性。

倒是季明舒，聽蔣純這麼一說，先是覺得天方夜譚，仔細一想又覺得，也不是完全沒可能。

趁著中場休息，她傳了則訊息給岑森。

季明舒：【前幾天我在谷開陽他們雜誌社和一個女的吵了一架，那女的被開除了。】

順便附帶了一張「暗中觀察」的貼圖。

她分了分神等岑森回訊息，可岑森好像在忙，半晌都沒動靜。

在這期間，蔣純去上了趟洗手間，谷開陽出去接了通電話又回來了。

回來時，谷開陽面色有些奇怪。

季明舒抬頭，一見她這神情就想起前幾天被通知「出軌」所支配的恐懼，「你怎麼了？又一副奇奇怪怪的表情。」

蔣純也剛好回來，邊擦手邊在一旁補刀，「你便祕嗎？」

谷開陽：「不是，我剛接到一個人物專訪的通知。」

「誰？她老公？上雜誌秀恩愛？」

蔣純整個就是小說腦，想都沒想就指了指季明舒。

谷開陽頓了頓，「她老公前女友。」

蔣純：「……」

季明舒：「……」

氣氛倏然變得微妙又尷尬。

為了緩解這種尷尬，蔣純又發出了來自靈魂深處的疑問：「那……你們《零度》不是男裝雜誌嗎？怎麼還採訪女的？」

「封面這不是還拍著女的嗎？」谷開陽往後指了下，緊接著又說，「我想想辦法，這主題也不一定非李文音不可，不過李文音這兩天應該就回來了。」

她的確是能拒絕這位專訪對象，可真沒辦法阻止人家坐飛機飛回祖國母親的懷抱。

就在這時，季明舒的手機響了下。

岑森：【我做的。】

季明舒看著這簡短的三個字，稍稍一頓。

岑森：【你在雜誌社？】

季明舒回了個「乖巧點頭」的貼圖。

岑森：【那我下班去接你。】

季明舒看著螢幕上簡短的對話，不知道為什麼，就有點小開心。

她沒忍住翹了下唇角，緊接著又坐直身子撩撩頭髮，十分高貴冷豔地對谷開陽說：「不用，就做她的採訪，我倒要看看她能說朵什麼花來。」

蔣純在旁默默喝奶茶，和季明舒混多了，總覺得她的潛臺詞是「這個小碧池要是敢胡言亂語看我不讓她好看。」

✕

俗話說得好，三個女人一臺戲，季明舒谷開陽還有蔣純這三人湊一塊唱得可能是閨蜜情深版民國諜戰戲。

李文音還在大洋彼岸沒有動身，谷開陽和蔣純就已經把刁難她的採訪問題給安排得明明白白了。

由於谷開陽只是在季明舒三不五時的碎碎念中單方面認識了李文音，而李文音從理論上來說，應該並不知道她是季明舒的好閨蜜，所以蔣純還幫她安排了潛入敵人內部探聽回國真實目的和備用手段的「諜戰」戲份。

只是這一戲份出演難度太高還有當場翻車的風險，季明舒和谷開陽雙雙舉票否決。

在三人拿著惡毒女配劇本瘋狂辱罵白蓮女主李文音的過程中，封面拍攝不知不覺進入了尾聲。

拍攝結束，女明星就著吸管吸了點水，湊到攝影機前看照片，和攝影師聊了幾句。

回頭看見谷開陽和季明舒，她又笑著上前和這兩人還有並不認識的蔣純打招呼。

這女明星叫孟小薇，做人八面玲瓏的，情商挺高。

她時尚資源不錯，和谷開陽算是半熟，和季明舒偶爾會在秀場展覽晚宴上碰面。

季明舒對她印象還不錯，雖然不是同個圈子的人，但也能聊上幾句。

聊著聊著，孟小薇就想起件事，「哦對了，明舒你大學念室內設計對吧？聽說前兩年克里斯．周的米蘭秀場就是你做的，那場秀很讚，我現在還記得呢。」

有人誇讚自己畢業以來唯一拿得出手的作品，季明舒自然是十分受用。只不過她為了表現出「季大小姐天天被誇已經習以為常」的淡然姿態，只不以為然地輕笑兩聲，嘴上還說著雲淡風輕的謙虛之詞。

孟小薇又說：「是這樣的，我有個朋友是星城臺的綜藝製片，他們最近在策劃一檔主打空間設計的綜藝節目，叫《設計家》，大概就是素人設計師和明星搭檔，一起合作設計這樣的形式。」

「他們原本邀請的人裡有一個美女設計師，可她那邊出了點問題來不了，所以節目組打算換人，我覺得明舒你就很合適，就是不知道，你有沒有這個興趣？」

季明舒：「空間設計類的綜藝？我嗎？」

「對呀，明舒你能力那麼強，外形又這麼好，節目組那裡肯定是沒什麼問題的。」

孟小薇笑得很甜，眼神也十分真誠。

谷開陽：「……」

蔣純：「……」

平日光顧著誇小金絲雀的美貌，都忘了捎帶著誇一下內涵，彩虹屁這一波，輸得可真是一敗塗地。

兩人對視一眼，從彼此眼中都讀出了「必須好好反思」的自省情緒。

孟小薇還在連誇帶捧地遊說，每一句都是那麼恰到好處戳中季明舒的舒適點，又不會顯得過分諂媚。

而且她的眼睛實在好看，看著人說話會顯得格外誠懇，就這能力，黑的說成白的估計也有人信，去賣保健品那也絕對是年度銷售總冠軍。

季明舒好長一段時間沒聽人誇得這麼到位了，稍微有點飄，但她也是見過世面的人，不至於人家一誇就「嗯嗯啊啊」答應。

其實說起來，她們的圈子離娛樂圈很近很近，想要出道當明星相對而言也比較容易。以前家族裡觀念都比較保守，對戲子看不上眼，更是絕對不允許自家小孩在外拋頭露面。但時代早已不同，這些年大量資本湧入娛樂圈，許多老一輩口中的「戲子」也開始玩資本操作那一套，並且還玩得很不錯，其中一部分儼然已有新貴勢頭。

在物質社會裡，很多時候有錢有資源的就是大爺，僅靠端著名門望族的派頭，內裡只有一個空殼，實際也無人理會，更何況平城本來也沒有傳統意義上真正的名門望族。

見季明舒沒有答話，孟小薇以為她是對上鏡有顧慮，又輕聲細語地說：「現在主要是節目都對綜藝的素人指標有要求，真正給到素人的鏡頭不會太多，這點你可以放心。」

「我就是覺得這個節目很適合你，而且到時候也會有其他的設計師參與，你可能會比較感興趣。」

「這樣吧，你先考慮考慮，如果感興趣的話隨時都可以告訴我。」她轉頭，朝她炒CP的對象招了招手，「李澈，你過來一下。」

李澈算是最近兩年比較有姓名的小鮮肉，也是唯一一個捆綁CP的情況下仍然不缺粉絲的男流量。官方年齡二十四，實際已經二十六，不過他長相乾淨，氣質也是鄰家陽光大男孩那一掛，完全不顯成熟。

李澈邊喝水邊往她們這邊走。

人至近前，孟小薇為季明舒介紹，「這是我朋友，李澈，他也會參加《設計家》那檔節目，你們可以認識一下呀，說不定以後還有機會合作呢。」

緊接著又給李澈介紹，「這是季明舒季小姐，很優秀的一位室內設計師。」

李澈笑了笑，朝季明舒伸手，「你好，我是李澈。」

「久仰，季明舒。」

李澈很懂禮貌，只和她輕輕虛握，時間也停留得很短，握完手還很周到地和谷開陽蔣純也打了招呼。

這兩個明星後頭還有通告，幾人也沒多聊。臨走前，季明舒還是給了孟小薇一個答覆，「節目的事我再考慮一下，考慮好了再聯繫你。」

孟小薇自是欣然點頭。

✕

傍晚時分，天邊晚霞緩緩流淌，顏色深淺不一，透著淡淡曖昧，溫柔又繾綣。
岑森的車準時停在《零度》雜誌社樓下等待。
季明舒踩著高跟在外晃了一天，也累得慌，上車便問：「晚上吃什麼？」
岑森說：「回家做。」
「你做？」
岑森看她一眼，沒接話，但眼神已是明晃晃地在反問：「不然你做？」
季明舒被噎了兩秒，又揉小腿，「你準備做什麼？」
「熗炒雅筍、燙青菜、紅燒排骨。」
紅燒排骨？
季明舒的肚子好像更餓了。
今天岑森的工作不多，來接季明舒之前，還繞道超市，讓周佳恆下去買了些菜，還特意囑咐要買嫩排骨。

回到明水公館，季明舒就躺在沙發上玩手機，還時不時探頭探腦，觀察紅燒排骨的進度。

不得不承認，岑森這狗男人腦子挺好，從小到大學習能力就明顯優於旁人，進集團後也迅速表現出卓越的工作能力，就連在家做個菜都顯得乾淨嫻熟。

遠距離望過去，他身形修長清雋，站在中島臺就自成一片風景。

走近，他的襯衫袖口往上翻折，堆疊出柔軟褶皺，一雙手瘦而長，指骨明晰，處理食材的手法也俐落中兼具美感，很是賞心悅目。

季明舒這人活得比較簡單，有吃有喝有錢花就很開心。

紅燒小排骨上桌，色香味俱全，她很有興致地拍了張照，加上食物濾鏡發動態，並配文：「老公做的小排骨，嘻嘻。」

——可以說是繼百萬修圖師瘋狂修圖長達兩年後，終於曬上一波真正的恩愛了。

她吃也吃得很有興致，雖然一小塊一小塊地夾得很矜持，但速度一點都不落於人後，不知不覺中，她一個人就消滅了整盤小排骨。

從頭到尾，她都沒有思考過岑森今日為何一反常態，會主動提出去接她，接了她又主動回家做她喜歡吃的紅燒排骨。

直到晚上兩人在影音廳看電影，看著看著就被岑森壓在身下動手動腳，季明舒才隱隱約約感受到一點岑森的真實目的。

說起來，也確實有段時間沒過夫妻生活了。

不知道為什麼，被岑森親吻的時候，季明舒覺得他有種……很禁欲的性感，吻落得密密麻麻，呼吸溫熱，她耳後根都不自覺地紅了一片。

這種感覺還蠻奇怪的。

以前季明舒也不排斥岑森的親近，他很愛乾淨，動作也不粗魯，反正親密接觸不會給人任何的不適感。

只不過要說多麼喜歡多麼欲罷不能也沒有，就像是完成夫妻任務一般，一個月打一次卡。

可這次和他在一起，季明舒心裡是有一點小歡喜和小羞怯的。

尤其看他眼底泛紅，那種歡喜和羞怯好像也不自覺地會加深一點。

深夜浴室，水汽氤氳，季明舒被岑森抱在懷裡一起洗澡。

她渾身酸乏，明明還不睏，不知道為什麼縮在岑森懷裡就是不停地打呵欠，一連打了幾次，都冒出了眼淚花。

「睏了？」

「不睏。」

可能是親密接觸能加強人對伴侶的依賴和眷戀，一連憋了好幾天沒說出來的事情，季明舒在這時突然想起，就說得很理直氣壯。

她戳著岑森的喉結問：「那天舒揚說，你前女友要回來了，今天谷開陽也跟我講，他們雜誌要做一個你前女友的專訪，你什麼想法？」

岑森：「李文音？」

季明舒不自知地酸道：「名字還記得挺清楚。」

岑森稍頓，「我沒有想法。」

季明舒對這個回答不是很滿意，但非要逼著人做什麼奇怪的保證就顯得她好像很在乎他的樣子，太卑微了！

她想了想，又底氣不足地強調道：「最好是這樣，反正你要是敢婚內出軌讓我知道了，我就跟你離婚，你等著瞧吧你。」

岑森發覺自己不是很喜歡聽「離婚」這個字眼，頗為敷衍地「嗯」了聲，不想在這話題上多做糾纏。

泡了有一會兒，他放水起身，又拿了厚軟的睡袍裹住季明舒，將她從浴缸中抱了起來。回床路上，岑森發現，季明舒垂著眼睫，手裡把玩著睡袍的繫帶，看起來不是很開心。

不知怎地，他將人放下後，一手停在她腰上沒鬆，另一隻手又撐到了她的耳側，還忽然提起先前擱置的話頭，「你也說了是前女友，你應該知道，我不是喜歡回憶過去的人。」

不得不承認，岑森那一句「我不是喜歡回憶過去的人」愉悅到了季明舒的身心，剛剛那點因入侵物種即將抵達產生的不快倏然間一掃而空。

躺進被窩睡覺，季明舒不知不覺又掛到了岑森身上。

岑森半睡半醒間調整位置，順便將纏在身上動來動去不安分的章魚按進了懷裡。

✕

這晚，季明舒做了個有些奇怪的夢。

不知是夢中時近黃昏，還是夢境本身就自帶暖黃光暈，所有畫面好像都被浸泡在蜂蜜罐子裡，一幀一幀拉扯出晶瑩剔透又光怪陸離的舊時場景。

夢境前百分之五十都是冗長無聊又經不起推敲的高中生活細節，她一會兒在宿舍改校服裙子的長短，一會兒又被緊急通知要參加考試。

考到一半年級組長跑進來說：考錯了，你們是文組，不用考物理。

等出了考場，她一邊開心還一邊奇怪，自己不是才念高一沒分文理組嗎？哪有什麼文組生理組生。而且剛剛寫的好像是地理考卷，上面明明有個洋流圖。

然後岑森就這樣毫無防備地出現在了夢境的後半段——

在考場外的走廊裡，季明舒遠遠看見，岑森和李文音一起從盡頭走來。

他的身形挺拔又清瘦，附中學子時常詬病的藍黑色校服在他身上也顯得規整好看，兩人走至近前，和她打了個照面，又冷冷淡淡地和她擦肩而過。

季明舒站在那裡，有點不爽，但她並不清楚自己在不爽什麼。

很快場景又切換至放學後的教室，窗外蜜色夕陽投射在課桌上，餘暉溫熱，好像還有細密的風在輕輕撩動窗簾。

教室裡除季明舒之外再無一人，她趴伏在課桌上，思考晚上要吃什麼。

就在這時，岑森走進教室，說要跟她講解考卷。

他一個高三學生忽然走進高一的教室，還坐到她身邊要跟她講解考卷，簡直就莫名其妙。

可夢裡季明舒的腦子好像被殭屍吃掉了，完全不覺得有哪裡不對，在書包裡翻找了一通，然後很緊張地告訴他，「怎麼辦，我的考卷不見了。」

「沒關係。」

岑森非常溫柔地拍了拍她腦袋，又不知道從哪弄來本書跟她講數學題目。

夢裡岑森的聲音是細緻溫和的，聽起來很舒服。但她不知道在講什麼題目，講題過程中的細節也被暈暈乎乎帶過。

好像有很多數字圖形，還有掉落的橡皮擦……不知怎地，話題就忽然跳轉到岑森問她：

「喜歡嗎？」

岑森問這個問題的時候，李文音就站在教室門口。

餘光瞥見李文音的身影，她心裡莫名地緊張忐忑，還有種隱祕的、像做壞事般的蠢蠢欲動。

她捧著臉，附在岑森耳邊甜軟地說：「喜歡。」

夢境缺乏邏輯，身處夢中的人也不會去思考這一邏輯，回想起來，她好像根本就不知道岑森在問喜歡什麼，就是莫名其妙地有了很多情緒，還應了聲。

再然後，夢就醒了。

剛醒的那幾秒，季明舒有點摸不著頭腦，又有點臉紅。

這到底是什麼奇怪的夢？

她跟岑森在一起的畫風怎麼這麼小清新？

她捂了捂臉，夢中說「喜歡」的開心羞怯並未隨著夢境結束戛然而止。

隨即她眼前聚焦，忽然發現，一大早竟然有人在她身上作祟！

其實岑森沒想到季明舒能睡這麼沉，先前撩撥半晌都毫無轉醒跡象，一直到最後結束她才堪堪轉醒，好在睡夢中她的本能反應還是很誠實。

兩人四目相對。

季明舒回想起夢中幻想出來的少年版溫柔岑森，再與眼前人對比……落差太大了，簡直就不是同個人。

岑森倒沒感受季明舒隱隱約約的嫌棄，結束後自顧自起了身，徑直去往浴室。

直至浴室傳來嘩嘩水聲，季明舒都還沉浸在夢境版溫柔的少年森森和現實版無情的成年森森兩者的巨大落差中無法自拔。

✕

一刻鐘後，岑森洗完澡，從浴室出來。

早上耽誤不少功夫，從八點開始他的手機就一直在響。他邊和人通話，邊單手整理領口，可領帶沒辦法單手打。他看了眼季明舒，走至床邊，將領帶遞了過去。

季明舒一直靠在床邊胡思亂想，這時也不知道中了什麼邪，很順從地裹著被子坐起，接過領帶幫他繫。

「……和滙那邊鬆口只是遲早問題，他們的資金缺口太大，除了君逸他們別無選擇，這一點你不用擔心。」

可能是一大早就大動干戈，岑森的嗓音有點低沉沙啞，透著股身心舒暢的饜足感。

季明舒原本沒覺得有什麼，可聽岑森說話的聲音又感覺有點奇怪。

她一邊提醒自己只是過個夫妻生活而已不要像花癡一樣，一邊又不爭氣地臉紅心跳。

到最後，岑森電話都講完了，她的領帶還沒繫好。

岑森深深地看了她一眼，忽然伸手，從她手中接過領帶，「我自己來。」

季明舒都不敢抬眼和他對視，裹緊小被子坐在床上，好半天才強作理直氣壯道：「本、本來就應該你自己繫，你腦子是不是有問題，電話開擴音不就好了，非要折騰我！」

說到「折騰」這兩個字，她比誰都敏感，在臉紅之前就迅速躺了下去，還拉高被子遮過自己腦袋。

被子外傳來一聲低低的輕笑，她一動不動，反正鐵了心要裝到岑森離開。

×

早上八點半，周佳恆和司機終於等到岑森出來。

也是奇怪，在周佳恆的印象裡，岑森向來是自律得有些可怕的，遲到這種事好像永遠都不應該發生在這位老闆身上才對。但他也不敢問，就自己默默腦補了夫妻吵架之類的意外狀況。

上午有集團例會，基本是和集團各分部對接的經理們來進行例常匯報。

君逸旗下飯店在國內分佈最多的城市是平城和星城，之前的飯店檢視，星城都還沒去，因為星城有君逸旗下四個系列的飯店共二十三家，一過去至少就要停留一週以上的時間。

這次例會又好巧不巧，牽扯出了星城分部那邊高管攪和的糊塗事。

散會後，岑森便立即吩咐周佳恆調整近期行程。

周佳恆提醒今晚陳董的約最好別推，岑森想了想，改口道：「那和陳董見面之後再出發。」

回到辦公室，他處理完手頭文件，靠在椅背上閉眼休息。莫名地，他腦子裡又蹦出季明舒在床上的樣子。

他喉結滾動了下，又坐起來，喝了口黑咖啡。

其實他和季明舒已經認識很久了，但仔細想想，他們對彼此的瞭解並不算多。

比如季明舒會在出軌就離婚這件事如此堅持，是完全在他意料之外的，甚至他覺得自己的反應也有點在自己的意料之外。

對「離婚」這個字眼，好像有種脫離掌控的、莫名的排斥。

轉念想想又覺得可笑，如今季家於他而言並沒有舉足輕重的用處，反倒岑氏的集團資源對季家來說百利而無一害，季明舒她三天兩頭把離婚掛在嘴邊，季家人恐怕是第一個就不答應。

想到這，岑森打開了一份新的文件。可沒看兩行，他忽然又從旁邊拿起手機，傳了則訊息給季明舒。

✕

收到岑森訊息時，季明舒正和蔣純、谷開陽打卡一家新開的網紅甜點店。

三人點了一桌子東西，照片也拍了不少，但都在喝寡淡的清茶。

季明舒和谷開陽是對自己的身材有要求，昨晚消滅一整盤紅燒小排骨讓季明舒感覺十分罪惡，雖然做了些別的運動，但起來上稱還是足足重了兩百克。

——沒辦法，脂肪就是金錢也收買不了的測謊機，現實且無情。

蔣純倒是想吃，可沒等她伸出鵝爪，季明舒就在耳邊瘋狂念叨。

「吃吃吃就知道吃，你以為你已經瘦成趙飛燕了嗎？保持身材是女人終生的事業，嚴彧和那小綠茶還睜眼看著呢，就你這樣還想讓嚴彧後悔莫及和小綠茶一起雙雙吃大便？」

「別以為你現在和唐之洲有點進展就可以對自己沒有要求，唐之洲今天情人眼裡出西施能誇你一句肉嘟嘟的很可愛，明天就能翻臉不認人罵你是個沒文化的小胖子！」

蔣純：「……」

這他媽誰還吃得下。

阻止完蔣純放飛自我，季明舒又和谷開陽嘰嘰咕咕聊起上節目的事情。

季明舒包袱太重，有點拿不定注意。谷開陽倒覺得是蠻有意思的一次體驗，而且她素來是比較獨立自強的女孩子，一直以來秉持的觀點都是女生應該有自己的事業。

谷開陽說：「參加節目首先是一種體驗，其次你還可以借此發展一下自己的事業，星城臺影響力還是不錯的，你以室內設計師的身分參加過星城臺的節目，以後也可以接到更多的項目。你老公大方，錢也多得花不完，但自己賺的錢花起來還是比較爽，對吧？」

「不會啊。」季明舒托著下巴理所當然道，「我覺得別人賺的錢花起來更爽。」

谷開陽：「……」

仔細一想，竟然沒什麼不對。

正在這時，季明舒收到了岑森傳來的訊息。

岑森：【我今晚去星城，可能要去一兩個月。】

他要去星城？

季明舒想起，《設計家》節目的錄製也差不多是一個月。

緊接著又進來了則新的訊息。

岑森：【有事打電話給我。】

本來昨晚季明舒就想問他，自己如果去參加節目他有沒有什麼意見或建議，可後來也不知怎地，她又把這事忘到了九霄雲外。

這時她認真及時地貫徹落實了岑森那句「有事打電話給我」，在他剛傳完訊息還沒放下手機的時候就撥了過去。

說了幾句有的沒的，岑森忽然要她先稍等一下。

等了有半分鐘，岑森的聲音才重新出現在電話那頭，季明舒切入正題道：「其實是這樣的，星城臺那邊有一檔節目想邀請我參加，是空間設計類的節目，大概就是和明星一起組隊完成設計任務這樣的形式，你覺得怎麼樣？」

岑森看著周佳恆在半分鐘前送來的節目組名單，目光落在周佳恆標記的那行字上：

「第三組：李澈、季明舒（暫定）」

「注：李澈有和孟小薇解綁的計畫，可配合節目組與素人組CP，素人外形極佳，可列入重點拍攝對象。」

他又翻了翻李澈的個人資料，不鹹不淡道：「我覺得不怎麼樣。」

季明舒：「……」

岑森：「你可能更適合去變形計這種節目。」

第七章

季明舒：「……？」

變形計？

掛斷電話，季明舒腦子裡還懵了下。

他是說，她適合去還沒通網的角落裡殺豬種菜放牛進行從身到心徹頭徹尾的大改造嗎？

他還是不是人？這種話都說得出口。

「不就花了他幾個臭錢他有必要這麼惡毒嗎！」

「他自己怎麼不去改造！」

季明舒氣得一口氣連啃了三個馬卡龍，語氣中充滿了「這世上竟有如此翻臉無情之人」的不可置信。

谷開陽下意識糾正，「那可不只幾個臭錢。」

季明舒反手就是一個馬卡龍塞進她嘴裡，眼神顯然在說：「吃你的吧還不快閉嘴。」

蔣純並不知道季明舒和岑森的真實關係，還以為這是恩愛夫妻之間打情罵俏的小樂趣，所以她的關注點全都落在「季明舒先對甜點動了手」這件事上。

她不動聲色地咽了下口水，敷衍附和道：「消消氣消消氣，你老公肯定就是開個玩笑，他哪裡捨得讓你去參加什麼變形計。」

說話的時候，她的小銀叉也悄悄摸摸朝提拉米蘇探了過去。

可還沒等她碰到提拉米蘇，季明舒就「啪」的一下拍開了她的鵝爪，並給予眼神上的黃牌警告第二次。

蔣純垂頭喪氣，怨氣深重。

大約是最近被季明舒壓制得太狠，下一秒她又忽然坐直身體，被鈕祜祿小土鵝附體，小嘴叭叭瘋狂反彈——

「說得好像變形計願意邀請你參加似的，你可千萬別去，農民伯伯們做錯了什麼要接待你這樣的禍害，肩不能扛手不能提繫個鞋帶都不會還指望你插秧種菜？我的天，恐怕鄰居家小孩跑來碰一下包包你還要嚷：啊！拿開你的髒手！這個包六百萬！！」

季明舒：「……？」

一塊提拉米蘇就翻船了。

她是做錯了什麼要嫁給那樣的男人又要認識這樣的朋友？

回到家，季明舒仍然沉浸在岑森的惡毒言語中無法自拔。

上洗手間，她又發現大姨媽來了，一時帶著淡淡的傷感陷在沙發裡，仔細思考起了谷開陽的諄諄教誨。

其實上次出軌事件虛驚一場過後，她也有認真思考：如果真有那麼一天，她和岑森走到了離婚的那一步，她又要怎麼繼續過接下來的人生。

結婚前，季家人對她很好，但她爸媽走得早，沒有給她留下什麼實際的股權和能大量變現的財產。

結婚後，岑森雖然隨她開銷，但她和岑森簽有婚前協議，如果離婚，她一分錢都得不到，只能淨身出戶。

這狗男人如果更狠一點，她這幾年開銷的東西也很有可能帶不走。

而且岑李兩家現在是個什麼關係，季明舒比岑森更清楚。真要離婚，季家先得跟她急。

這麼一合計下來，她擁有的絕大多數東西好像都可以在離婚後一秒變為虛有。

想到這些，季明舒才有那麼一小點危機感。

只不過她從小就被養尊處優地培養長大，衣來伸手飯來張口，自己賺錢養自己的意識可以說是相當薄弱。

再加上她都已經省略過程直達結果，過上了大多數人都想要的無憂無慮的生活，非要讓她對人生不滿意給自己找點夢想折騰也是挺為難她的。

所以這點危機感，目前還不足以喚醒她自己都不知道藏在哪個角落的獨立意識。

但——她骨子裡的反叛精神可比獨立意識強多了。

在沙發上悲傷了十分鐘，她腦補了一下岑森叫她參加變形計時臉上的淡淡嘲諷，隨即毫不猶豫地撈起手機回覆孟小薇，緊接著上樓收拾行李。

季明舒這不是第一次和岑森唱反調對著幹，所以岑森在前往應酬的途中，得到季明舒確認參加節目的消息也並不意外。

周佳恆問：「岑總，需要讓節目組那邊換人嗎？」

「不用，」岑森揉了揉額角，「組隊名單調整一下，重點拍攝也取消，她自己不說的話，也不用和節目組那邊特地交代什麼。」

周佳恆稍頓，應了聲「好」。

君逸是這檔室內設計節目最大的投資方。

為了幫旗下即將推出的設計師品牌飯店「君逸雅集」預熱，集團對星城臺的製作團隊砸下重金，從節目冠名到節目流程全方位地進行了干涉。

而且裡頭還有兩位新銳設計師本就是君逸看中，請來為「君逸雅集」做設計的，將在節目中佔據重頭戲份。

只是季明舒對此還一無所知。

半小時後，賓利停在會所門口，周佳恆先行下車，為岑森打開車門。

今晚這場應酬不好推，是岑遠朝的老相識陳董約的，之前通話時陳董隱約表露出來的意思是，要牽線從他這裡為一個影視項目拉投資。

甫一下車，就有穿旗袍盤髮髻的女侍應引著岑森往裡面走。

一路引至三樓包間，女侍應為他推開隔扇門，周佳恆也剛好收到季明舒出發前往星城的最新消息。

他跟在岑森身後低聲匯報。

岑森邊聽邊往前走，到了近前才發現，席間還坐了舊人。

李文音今日穿了條無袖的灰色高領毛衣裙，戴簡單耳釘，頭髮低低紮成馬尾，眉目清淡，口紅顏色也是偏淡的水粉色。

遠遠望過去，文藝高知識女性的氣息撲面而來。

李文音對岑森的到來似乎並不意外，也沒有什麼特別的神色波動，只在陳董引薦時主動抬了抬酒杯，朝他敬酒。

陳董從旁介紹道：「小李剛從法國進修回來，是一位很不錯的年輕導演啊，她最近籌備的那個電影專案，主題很好，陽光、積極、向上。和那些表現青春黑暗面的題材是有一些本質的區分的。」

「欸，阿森，你們集團旗下不是也有做影視投資專案的嗎？如果有興趣，那你可以扶持扶持小李這樣有才華又有想法的年輕導演啊。」說完他又轉頭看向李文音，「來來來，小李，你來給岑總敬一杯！」

李文音主動敬酒，岑森也舉了酒杯輕輕一碰。可他並沒有喝，碰完之後便放下酒杯，四兩撥千斤地和陳董聊起別的話題。

李文音倒也安靜，坐在一旁，陳董不主動拋話題給她，也就不主動說話。

直至應酬散場，岑森和李文音都沒有多餘的言語交流。

其實在人生的某個時間段裡，岑森的確是曾對李文音這種和季明舒截然不同的女生青眼有加。

但他對感情看得很淡，高中畢業和李文音交往了三個月，時至今日，竟然已經回想不起什麼細節。

應酬結束時夜色已經深濃，岑森邊往會所外走，邊讓周佳恆確認季明舒所在的飯店位置。

平城這邊還有些事需要周佳恆留下處理，今晚去星城的行程只有保鏢隨行。

「阿森。」

身後忽地傳來熟悉女聲。

岑森腳步稍頓，往後看。

席間李文音是坐著，只能看見上半身，這時站著，更顯身材婀娜，氣質優雅。

她緩步走至近前，很輕地笑了笑，又往前伸手，「好久不見。」

岑森淡聲道：「好久不見。」

見岑森沒有要握手的意思，李文音也只偏偏頭，灑脫地將手收了回去。

她坦誠道：「其實我昨天就知道，你今天會來參加這場應酬，但人在江湖漂，為了拉點投資，也只能舉賢不避前任了，希望你不要介意。」

她的聲音一如既往，溫柔中又帶點率性的俏皮，分寸也拿捏得恰到好處。

李文音知道，岑森這人冷情。但再怎麼說兩人也是前任的關係，當初分手也沒有鬧得此生不復相見那麼難看，至少，她也能從岑森口中得到一句「沒關係」才對。

可她話音剛落，便聽岑森不加思索地接了另外三個字：「我介意。」

說出這三個字，不只李文音，岑森自己都下意識地頓了頓。

這個場景有點熟悉，好像不久之前，他也在另一家會所外，對另一個女生說過同樣的話。

後面還有一句，那句他記不太清了，但好像是誇季明舒。

岑森的短暫出神落在李文音眼裡完全變了意思。

年少時遇見過太驚豔的人，以至於這麼多年她都很難做到對當初喜歡的人徹底忘懷，哪怕是他結了婚，那種執念也從不曾從她心頭褪卻。

那，他的介意是不是因為……和她有同樣的心緒？

李文音想要再說點什麼，同樣誤會意思的周佳恆不知怎地，非常逾矩地輕咳了聲。

岑森回了回神，目光落在李文音身上，又冷淡道：「影視投資並不是君逸的主業，但既然陳董特意引薦，我可以讓你從華章控股那邊走流程。」

「只不過這兩年影視項目不好做，風險指數高，公司需要進行精確的風控評估，最後投不投不是我一個人能做決定。」

「抱歉，我還有其他行程，就不奉陪了。」

他回身，徑直上車。

李文音在身後看著，眼神像是蒙上了一層深夜的薄霧，瞧不分明。

✕

岑森輾轉到達星城時已經凌晨兩點，整座城市都已陷入寂靜，他徑直前往季明舒下榻的那家君逸華章。

前臺早早為他準備了房卡，一路上至頂層套房，屋裡開著暖黃燈光，卻不見季明舒人影。

好半晌，他才聽到床的另一側傳來聲微弱的低吟。

走過去，他看見季明舒躺在床側地毯上，整個人蜷縮成了一隻小蝦米。

季明舒十點多到星城，洗漱之後睡覺，肚子卻隱隱作痛。她叫了客房服務，可紅糖薑茶喝了一大杯也不見效。

這時她已經痛完了，只是沒什麼力氣起身。

睡得半夢半醒見著個模糊的熟悉身影，她還以為自己又夢見了十八禁的溫柔版岑森，也不知道為什麼就覺得特別委屈，伸開雙手往上，撒嬌道：「抱抱。」

她的手大概伸了十多秒，就如願投入一個略顯清冷的懷抱，緊接著身體騰空，她整個人都被抱了起來。

夢裡的岑森好像真的比較溫柔。

季明舒往他懷裡縮了縮，還咕噥著提醒了句：「我大姨媽來了。」

潛臺詞是，夢裡你也什麼都別想做。

岑森並不知道她在想什麼，聽她睡夢中說大姨媽來了，第一時間想到的是最好別弄髒床單，順手從衣櫃裡找了條毛毯墊在她身下。

這年頭，像他這樣體恤飯店清潔人員的老闆恐怕已經不多了。

將季明舒放置好後，岑森想要起身，可季明舒不舒服的時候特別黏人，還摟著他脖子不肯撒手，他用了幾分力道，才將這雙爪子扯下來，勉強塞進被窩。

二十分鐘後，岑森洗完澡上床休息，季明舒又像自帶溫度感應器般，非常迅速地滾進了他的懷裡，兩隻手抱他抱得緊緊的，還不停往他身上蹭，沒有太多血色的唇瓣也貼在他胸膛間，溫度淡淡。

岑森本來打算將她拉開，可她無意識地，忽然親了親他，酥酥麻麻，又很柔軟。

岑森稍頓，八百年沒見的惻隱之心迴光返照了一下，朝她的方向側躺，還將人往懷裡攬了攬。

✕

一夜無夢。

次日一早，季明舒從血流成河中清醒過來，見到身側岑森，她恍然間還以為自己是在明水公館。

等看清飯店裝潢，她又伸出根手指戳了戳岑森。

——沒反應，但是個活的。

他怎麼會在這？

季明舒並不知道岑森昨晚在平城還有應酬，還以為他傳訊息那時候就已經出發前往星城。所以她昨天到星城之後，還特地沒和他聯繫，就是不想和他住在一起。

誰知道他還挺陰魂不散，自己又跑了過來。

醒了醒神，季明舒掀開薄被，捂住肚子小心翼翼地往床下挪騰。

她倒不是想照顧岑森的睡眠品質，只不過是因為她沒辦法大幅度動作，稍不注意，身下血河就會像二次決堤般轟轟烈烈下湧。

等進到洗手間，蹲上馬桶，她才算暫時進入了安全區。

她手肘撐在膝蓋上，雙手托腮。

沒一會兒，她又覺得無聊，撈起手機翻了翻。

手機裡躺了很多則未讀訊息，除卻揮金如土的真假姐妹們日常傳來問候，時常神隱的小姑岑迎霜竟然也傳了則訊息給她。

岑迎霜：【小舒，你和阿森一起去星城了嗎？這次是不是要待好幾個月呀？】

季明舒沒多想，隨手回了個「小丸子點頭」的貼圖，又回覆道：「對呀，要一兩個月的樣子。」

等回完，她指尖一頓，忽然想起什麼。

小姑一向只醉心實驗，哪有工夫管他們在國內國外還是平城星城，這訊息應該是幫家裡人問的吧。

那家裡人是擔心……岑森在星城逗留時間過長，會和安家有什麼牽扯？可安家不是早就舉家出國了嗎？

季明舒對岑家舊事也只是一知半解，小時候岑楊離開，她還聽信大人哄騙，以為岑楊就是單純地出國留學。

後來長大才或多或少知道一些內裡因果，只是岑家上下對此事諱莫如深，外人也就知之有限。

沒一會兒，岑迎霜又傳來訊息。

這則訊息算是應了季明舒的猜測。

岑迎霜：【小舒，安家的事情你也應該也知道一些，安家最近回星城了，老爺子不太放心，所以阿森如果和他們那邊有什麼聯繫，你方便的話就告訴我一聲。】

安家回星城了？那老爺子不放心也是情有可原。

季明舒糾結了半天，反覆打字又反覆刪減，最後還是將那個「好」字傳了出去。

只是和家裡人說一聲，應該沒什麼關係吧。而且岑森也不一定會和安家人聯繫，即便聯繫，他也不一定會讓她知道。

為自己做完當小間諜的心理工作，季明舒總算沒再那麼心虛。她起身，洗了把手，準備再回床上睡個回籠覺。可門一推開，她就看到岑森站在外面，好像正準備抬手敲門。

她心跳漏了一拍，那點回籠覺的睡意頃刻消散，聲音吞吐，「你，你醒了啊。」

「怎麼？」岑森平靜地看著她。

「沒怎麼，」季明舒卡了卡殼，又問，「那個⋯你怎麼會在這，我醒來看到你嚇一大跳。」

岑森簡短地解釋了兩句，當然，李文音已經被他略過不提。

聽他話裡的意思，他已經知道自己要去參加節目了？

季明舒順勢轉移話題道：「對了，我今天下午要去電視臺簽合約，你把律師借我用一下。」

「嗯，我讓周佳恆幫你安排。」

季明舒點點頭，側身給岑森讓路。

岑森進了洗手間，她又貼心地幫忙關門。

等門闔上，她才拉著門把手，長長地舒了口氣。

✕

星城向來比平城要熱，臨近夏末，下午仍有近四十度的高溫，路邊香樟被曬得透亮，樹葉都往下垂著，成為午後慵懶城景裡不可或缺的一筆。

季明舒用完午餐，睡了個美容午覺，醒來後又打扮了兩小時，才堪堪達到出門見人的標準。

司機和律師在車裡昏昏欲睡醒又睡，下午三點，才終於載上季明舒，出發前往星城廣播電視大樓。

負責接待季明舒的是《設計家》節目組的製片助理，季明舒剛開始還挺不高興的，只拿個小助理出來接待她，也太沒排場了。

可後來她也不知道怎麼，就自己換位思考起來了，心想助理就助理吧，人家小女生也挺不容易的。

這小助理也是沒見過氣勢這麼足的素人，還沒說上幾句話，不知不覺就先弱了好幾頭。好在合約是節目組早就擬定好的，素人都是同一個範本，她只需要負責看著人簽字就好。可季明舒沒接合約，只看向另一張沙發上坐著的男人，「王律師，麻煩你過目一下。」

小助理：「……」

還自備律師，真是絕了。

被稱作王律師的男人接過合約，戴上眼鏡仔細審閱起來。

「一．十二這條只對我的當事人季小姐提出了隱私約束條款，但未對節目組在隱私約束這一塊做出要求，我認為這不太合理。」

「二．〇九這條的設計版權歸屬界定過於模糊，我當事人參與節目所設計的作品版權應當是無條件歸屬我當事人所有。」

「三．〇一這條管理我當事人的社交帳號進行宣傳內容定義過於寬泛，且在時效性上並沒有做出恰當的約束，非常不合理。」

……王律師小嘴叭叭地一口氣給挑出了十多處漏洞，言語間似乎還對節目組法務的不嚴謹略帶譴責之意。

小助理整個人都聽懵了。

不是，她又不是明星，一個素人上節目怎麼還對合約要求這麼多？別人都是看都不看就直接簽的呀。

她緩了緩神，鎮定道：「那個，季小姐，我們這邊的合約都是統一範本，大家都是這樣簽的，不會有問題的。」

王律師：「你不是節目負責人，你的保證也起不了任何法律意義上的作用。」

小助理：「……」

季明舒剛剛催眠自己接受了一個助理的招待，轉頭王律師又在合約上挑出這麼多漏洞，她本就不怎麼樣的脾氣瞬間顯了原形，「叫你們負責人過來。」

製片在接待李澈呢哪有空管你。

小助理默默腹誹，站那一動不動。

季明舒卻沒那麼多耐心，邊戴墨鏡邊說：「既然你們節目組這麼沒有誠意，那這個約不簽也罷。」

「等等，季小姐！」雖說只是個素人，但合約再怎麼樣也不能砸在她手裡呀，小助理忙道歉，「實在是非常抱歉，因為我們這邊出具的合約，包括明星藝人也都是在範本基礎上進行一些修正，如果季小姐覺得不滿意的話，我現在就幫您聯繫製片，看看是否能做一些相應的調整。」

這還像句正常話。

小助理請季明舒稍等，自己急急忙忙去了這一樓另外的貴賓會客室。

今天李澈過來錄節目，節目錄完，正好和他們簽約，這時製片正在親自接待，針對合約條款，逐條逐條為他帶來的法務進行講解。

差不多快要敲定的時候，小助理過來敲門。

製片問：「什麼事？那位季小姐已經簽好了嗎？」

「季…季小姐她帶了個律師過來，」小助理吞吐，「律師認為合約有些條款不太合理，需要修改。」

製片眉頭一皺，和這小助理之前想的一模一樣：她又不是明星誰還想占她什麼便宜嗎，能上星城臺的節目事還這麼多，真是不知道天高地厚。

這製片和孟小薇有點交情，原本是想請孟小薇和李澈這對螢幕CP炒話題。

但孟小薇和李澈私底下已經協定解綁，不大適合再同錄節目。

前幾天孟小薇極力推薦季明舒給製片，一方面是覺得季明舒很適合這檔節目，做個順水人情推薦一把也不錯；另一方面則是覺得，季明舒形象氣質佳，如果能讓她和李澈配合著炒個CP就更不錯了。

製片也覺得她的思路可以，便定下季明舒，還出了一版初期方案。

可昨天贊助商那邊對他們的策劃很不滿意，不讓李澈和季明舒一組炒CP，也不允許季明舒成為重點拍攝對象。

他們揣摩了下投資方爸爸的意思，覺得投資方爸爸是不想讓其他設計師搶了自己要捧的那兩位的風頭，一時對季明舒這邊的熱情也淡了許多。

這時製片又聽到季明舒對合約不滿意，當即就想讓助理轉達「愛簽不簽，不簽就滾」的意思。

可李澈忽地一笑，「季小姐？我認識。」

他推了推桌上的合約：「不如也給季小姐用我這份的範本吧。」

其實王律師提的那些合約漏洞也說不上是漏洞，它原本就是甲方特意針對沒有話語權的乙方挖的合約陷阱。

這些陷阱也並不是特意要坑誰，只是甲方為了確保掌握絕對主動權使用的一點常見小手段，但凡乙方有點話語權，他們一開始也不會出具這樣的合約範本。

比如說李澈的合約，就完全不存在這樣的情況。

改改條款對節目組來說損失不大，再加上李澈都開口了，這個面子怎麼著也得給。

於是在季明舒公主病發作的邊緣，節目組及時送上了一份讓她滿意的合約。

製片也有點看人下菜碟，特別能屈能伸，前一秒心裡還念叨著「愛簽不簽，不簽就滾」，後一秒到季明舒面前，又做足了沒有架子的和藹製片模樣，對她這位素人也表現出了十二萬分的耐心和禮貌。

季明舒滿腦子都想著和岑森唱反調，他不想讓她參加，那她就非要參加。

而且合約改了，製片也出面道歉了，她也就懶得在這種小事上多做計較，大筆一揮，在合約末尾落下自己的大名。

X

節目正式開始錄製是在一週後，簽完合約，製片和她和李澈講解了一些之後錄製的分組情況還有相關流程，並親切地告知兩人，有任何問題都可以直接與自己聯繫，臨走時，還親自將兩人送進了電梯。

電梯門闔合，製片那張抽象大餅臉慢慢消失。李澈稍稍側身，主動招呼道：「季小姐，好久不見。」

「好久不見，」季明舒也禮貌地回以招呼，順便道謝，「剛剛合約的事情，謝謝你了。」

李澈笑了笑，「小事而已。」

季明舒習慣了別人為她保駕護航，也覺得這確實就是件小事，所以便略略點頭，沒再客氣。

電梯隨著她的靜默猝不及防陷入一片靜寂。

李澈隨行的執行經紀、助理還有法務都下意識看了季明舒一眼。

好久沒見人對李澈這麼冷淡，他們也真是從靈魂深處產生了疑問：姐妹，你不打算再多聊幾句，再加個通訊帳號要個簽名或者合個照嗎？

李澈雖然算不上頂級流量，但他的知名度和人氣在鮮肉偶像裡明顯是屬於上位圈的，公司也對他比較看好，給他的時尚資源和影視資源吊打其他同等級的小生一大截。再加上和孟小薇解綁的事宜已經提上日程，他未來的上升空間不可小覷。

現在李澈走哪裡都是眾人追捧小心奉承，季明舒這不按常理出牌的冷落，讓他身邊的隨行人員感到有些不適。

李澈自己倒沒覺得怎麼，季明舒不說話，他又自顧自地挑起話頭，溫和道：「其實還挺遺憾的，製片說原本是安排我和你一組，但贊助商那邊有他們的考量，所以調換了一下分組安排。」

季明舒：「這樣啊，那太遺憾了。」

她隨口應了聲，沒放心上。

和誰一組有什麼區別呢，畢竟我只是是來證明自己實力的。

隨行人員：「……」

這到底是對家粉絲還是自家黑粉，要不要這麼敷衍？

話題再次無疾而終，電梯內也再次陷入靜默。

好在電梯下得很快，這靜默的尷尬也沒持續多久。

下行至地下一樓停車場，季明舒的明星派頭比李澈還足，簡短撂下「再見」二字，就戴上墨鏡旁若無人地往外走了。

李澈的隨行人員都是一臉無語的表情，李澈也稍稍一怔，隨即又笑了一下。

等上了保姆車，李澈的隨行人員便七嘴八舌討論起來——

「這季小姐派頭可真大，不知道的還以為她才是明星呢，跩得二五八萬似的，真是活久了什麼都能見到。」

「她是不是簽了哪家公司準備出道呀？我看她外形還蠻優越的，看起來挺像要出道的樣子。」

「不知道，但家境應該不錯吧，上次阿澈和小薇最後合拍的那個雜誌封面，就《零度》那個……小薇的裙子好像就是找她借的。」

他們說著說著還好奇地問上了李澈，李澈表示自己也不大清楚她是個什麼家境。

別說李澈不清楚了，孟小薇也對她沒什麼深入瞭解，只知道她家境應該挺好，和谷開陽關係不錯，連她已經結婚這事孟小薇都不知道，不然也不會瞎出炒CP的主意給製片了。

幾人討論半晌也沒定論，只嚴重懷疑季明舒這麼跩是故意給李澈擺臉色或者是想吸引李澈注意。

X

說實話，季明舒真的沒有故意給李澈擺臉色，更沒有想走另類路線吸引他注意的意思。

只不過見多了一些明星人前人後的兩副面孔，她早已失去了對明星這一群體的新鮮感。而且她見個明星實在是太容易了，這一行在她眼裡又沒有什麼特殊光環。

李澈對她來說，就像念大學那時候不太熟悉的選修課同學，本就無甚交集，更無須過分熱絡。

上車後，季明舒跟谷開陽蔣純就今天的簽約事宜進行了匯報，順便還原話複製了一份，傳給岑森。

她就是非常客觀地複述了一遍今天下午發生的事情，沒有化身嚶嚶怪賣慘也沒帶賣萌貼圖，但從她的陳述中，就莫名能感受到來自小仙女的無限委屈。

事實證明，姐妹永遠比男人懂事。

聽說節目組只派個小助理接待，還在合約上面出紕漏，谷開陽和蔣純幾乎是秒速回訊息，還一唱一和激情辱罵了十分鐘。

大意便是「天涼了節目組該破產了」、「狗眼不識小仙女」、「誰愛參加誰去參加我們寶寶不受這個委屈」、「怎麼能這麼對待我們最嬌弱的小金絲雀寶寶呢簡直是人神共憤喪盡天良活該原地砍頭！」

姐妹群組裡都已經結束羞辱，岑森那邊還毫無動靜。

季明舒不想回飯店，徑直讓司機開去了星城最大的商場金盛國際。

金盛國際的品牌種類和貨品齊全程度還算湊合，她逛了四十多分鐘。在她結束購物準備離開的時候，岑森那邊終於回了訊息。

岑森：【習慣就好。】

季明舒：【……？】

岑森自己也剛談完一個合約，談得比較順利，心情還可以。這時空閒下來，他就順手給這嬌氣包回了幾則飽含人生哲理的提醒。

岑森：【你不是明星，對方對你瞭解有限，對你不甚熱絡再正常不過。】

岑森：【平日你所享受到的優待，源自你的優越家境，源自你的丈夫是我。而你享受優待時，也有更多的人被慢待。你應該多體會這種感覺，對你有幫助。】

「……」

平時怎麼沒見他話這麼多？不安慰就算了他為什麼要突然尬起人生哲學教她做人？是因為她剛剛刷了他卡他在暗示些什麼嗎？狗男人小氣摳門！

但，鑑於剛剛花了他錢，季明舒也不好直接翻臉，於是極其敷衍地回了句：「您說得對。」

傳完她就迅速變臉，將岑森的毒雞湯截圖傳到姐妹群組，妄圖團結集體力量對這狗男人進行全方位的羞辱批判。

她自己還開了個頭：「你們瞧瞧，這說的是人話？」

在按下傳送鍵的前一秒，她忽地一頓，發現不對。

等等。

這不是群組。

怎麼又傳給他了？

季明舒懵了兩秒，迅速刪掉還未傳出的文字。

可截圖已經傳了，岑森還回了個問號，似乎是不明白她突然傳聊天截圖的意思。

季明舒：【……】

季明舒：【你手機沒電了，你看右上角的電量。】

哦不對，這好像是她的手機電量，她火速按了收回，又啪啪打字。

季明舒：【我覺得你說的這段話很值得深思，我要截圖保存下來留作紀念。】

岑森半晌沒說話，在網路上搜尋了一下快速幫圖片標紅圈的方法，然後將她這張截圖又重新發還給她。

季明舒點開，發現岑森在原有截圖最上方的備註上畫了個紅圈圈——狗男人。

大意了，大意了。

竟然忘了還有備註。

季明舒秉持著剛刷完卡，必須維護好兩人之間和諧友好關係的心態，閉眼吹起了彩虹屁。

季明舒：【您真是細緻入微，觀察力驚人，難怪能考上哈佛。】

季明舒：【您是怎麼學會標紅圈圈的呀？我都不會呢。您學習能力真的好強哦，隨手一畫都這麼圓，數學和美術肯定也都學得不錯。】

緊接著又迅速更改了備註，重新傳了張截圖給他。

這次她把備註改成了「親親老公」，可以說是集現代彩虹屁藝術與「這樣你滿意了嗎」的微妙反諷藝術於一體，完美達到了讓對方覺得不適卻無話可說的目的與訴求。

季明舒對自己的靈機一動感到相當滿意，笑咪咪地邊吃沙拉邊看手機。

她原本以為岑森會回一句「幼稚」或者直接不回，沒想到兩分鐘後，岑森也甩來一張截圖，上面給她的備註改成了——「親親老婆」。

季明舒：「……」

很好，非常好。

在「給我一個支點我就能抬起整個地球」的這門課上，岑氏森森還是最優秀的學者。技不如人，在下輸了，並且沙拉都被這備註膩得有點吃不下了。

✕

在岑森手上吃了鱉，季明舒渾身上下都很不痛快。

回程一路她都在反思：自己當初是中了什麼邪要在刪掉岑森通訊軟體之後又把他加回來，這不是活生生地自討苦吃嗎？加不加也不影響刷他的卡敗他的家啊！

好在季明舒是那種絕對不會委屈自己的大小姐，既然岑氏森森她對付不了，那對付對付單純小土鵪還是很信手拈來的，於是她又戳進「惡毒女配線上聊天群」中，找起了蔣純的麻煩。

季明舒：【蔣純，出來。】

蔣純：【嘎！】

單純鵪妹對自己的命運仍一無所知，收到仙女殿下召喚，態度十分積極，回應也相當迅速。

季明舒：【今天吃什麼了？還有多少公斤？錄個體重機的影片給我看。】

蔣純距離目標體重還有相當一段距離，季明舒來星城後，都是對她保持遠端監控狀態，時不時就隨機突擊，抽查她的早餐午餐。

至於晚餐，用季明舒的話來說就是——

「女孩子的世界裡怎麼可以有晚餐這種東西？是涼開水燙嘴嗎？是水果沙拉不好吃嗎？區區晚餐都戒不了還怎麼當平城街上最靚的小仙女，不如去當大胃王開吃播啊，一天吃八頓都沒人管你，還能養家糊口買海景房走上人生巔峰呢。」

致命三連問一出，群內迅速陷入靜寂。

季明舒：【出來，不要裝屍體。】

蔣純：【……】

季明舒迅速進行了一波貼圖攻擊。

過了會兒，蔣純直接傳出則語音訊息，語氣分外卑微，「報告季老師，是這樣的，我早上吃了一個蘋果喝了一杯黑咖啡，沒有加糖也沒加奶，十點多的時候唐之洲約我出去看畫展，我就帶了一個蘋果出發去看畫展在路上吃了雞排哇那個畫展厲害了完全看不懂欸！然後我下午什麼都沒吃，晚上我只打算吃一個柳丁補充維生素C，我是不是保持得非常好？」

蔣純語速很快，「在路上吃了雞排」這幾個字夾雜她不帶喘息的長句子裡，顯得低而含混，季明舒仔細重播了三遍才聽清楚。

季明舒：【雞排？什麼東西你再說一遍。】

蔣純回了張「不敢出聲」的貼圖。

季明舒：【雞排熱量每一百克將近兩百三十大卡，一塊雞排至少也兩百多克，也就是說你一塊雞排下去就是五百大卡，踩多久橢圓機才能踩掉五百大卡你心裡沒點數？還有你這含混混企圖蒙混過關的態度就極其不端正！要是讀書那時候你這種人是要被留校察看的我告訴你。】

蔣純：【其實我吃了兩塊。】超小聲。

季明舒：【……？】

季明舒：【肉是長在我身上嗎？是我被搶了未婚夫嗎？小白蓮是衝著我耀武揚威嗎？】

季明舒還傳了張「這個學生恐怕是廢了」還有張「上一個讓我這麼生氣的人墳頭草已經可以放牛了」的貼圖來表達自己內心深深的失望。

蔣純：【看來我只有催吐才能挽回在你心目中的地位了！】

季明舒：【閉嘴吧美少女。】

季明舒：【你已經不是我的姐妹了。】

蔣純還想辯解，可下一秒頁面就顯示：您已被群組管理員移出「惡毒女配線上聊天群」。

×

季明舒那邊正逮到蔣純狂擼鵝毛，岑森這邊見她被教育得無話可說，低低地輕笑了聲。

這次來星城的行程定得比較突然，包括周佳恆在內的數位助理手頭都有要事處理，不能第一時間陪他出行，星城分部的高管便為他安排兩位工作人員擔任臨時助理。

最先安排的兩位臨時助理都是女的，一位年紀稍長，做事還比較沉著穩重。另外一位大概是分部高管送來討他歡心的花瓶，還是潘家園舊貨市場兩只三百贗得不能贗的那種。

今天上午剛打照面，贗品小花瓶就穿得花枝招展，上個班硬是弄出了選美的架勢。

岑森只瞥一眼，便以著裝不夠正式為由讓小花瓶捲舖蓋走人了。分部高管知道這事，也不知道是內心琢磨歪了方向還是怎麼，立馬又送來個二十來歲的男助理給他。

下午男助理穿著規規矩矩的工作裝過來上班，心裡還因上午走了個女助理的事情分外忐忑。

見岑森簽完合約還有功夫看手機，心情似乎還不錯，他連忙煮了杯黑咖啡，小心翼翼地送進辦公室，「岑總，您的咖啡。」

可他話音未落，就剛好有內線電話進來，岑森都沒抬眼，放下手機接起了電話。

男助理邊放杯子邊觀察岑森的神色，還趁機偷瞄了眼他的手機介面。

白綠交錯的對話方塊，是通訊軟體。

等等，那個備註，親親老婆？

男助理以為自己眼睛瞎了，三秒震驚過後，他又往前湊了湊，想看仔細點。

哪成想就在他確認完自己沒有看錯的下一秒，耳邊就猝不及防傳來「砰」的一聲脆響！

杯碟落地，咖啡四濺，滿地狼藉。

男助理直接懵了，反應過來後立馬手忙腳亂地收拾，還不停做出道歉的口型。

岑森還在講電話，只瞥他一眼，沒說話。

他顫顫抖抖收拾著殘局，還心存僥倖自我安慰道：大老闆看起來這麼禁欲竟然還喜歡和老婆調情，那應該是個外冷內熱靈魂十分有趣的人吧，說不定還有點愛講冷笑話呢，嗯，一定是這樣，不害怕，不害怕。

等岑森講完電話，這年輕人又想道歉，可不知怎麼，話到嘴邊又變成了：「碎碎平安，碎碎平安。」

緊接著腦子一抽乾笑著說了句：「岑總您的名字和唐朝那位很著名的邊塞詩人一個讀音呢，好巧，好巧。」

岑森抬眼，聲音冷冷淡淡，「我看起來像喜歡開玩笑的人嗎？」

「出去。」

「以後不用來了。」

男助理：「……」

看來大老闆是只喜歡對老婆外冷內熱展現自己的有趣靈魂呢。

✕

岑森晚上結束工作回飯店時，季明舒也已經回了飯店。

看到岑森，季明舒只略略抬眼，懨懨地沒搭理。

一則因為鬥嘴失利心情鬱鬱；二則因為大姨媽來了，身體素質受到限制不能出去瀟灑，每天蹲在飯店被迫當一塊望夫石的感覺就像在玩囚禁遊戲，而且是只有囚禁沒有遊戲。

季明舒不是個能閒得住的人，敷了會兒面膜，她突然靈機一動：既然節目一週後才開始錄製，那她可以先回平城浪一浪啊，等要錄製那時候再來這裡不就好了嗎？

於是她就頂著一張矽藻泥面膜的臉突然衝出浴室和岑森商量。

岑森對此自然是沒有什麼意見，畢竟他的意見在大多時候也不管用。

✕

次日一早，岑森送季明舒去機場。

半路上，季明舒正在補妝，岑森接到一通電話。

電話沒講多久，他的回答也都相當簡短，無外乎「嗯」、「啊」、「哦」、「好」幾個語氣詞。

可掛斷之後，他突然吩咐司機掉頭，報了個地名，「去星大教師公寓。」

季明舒一頓，心裡已經隱隱有了預感，「你有急事嗎？」

岑森按了按眉骨，沉默片刻後說：「我要去趟安家，你和我一起去吧，吃個午飯。」

季明舒：「……」

本以為少在星城逗留就可以逃離當小間諜的命運，沒想到在最後關頭，還是免不了左右為難吃裡扒外的這一遭。

她試探道：「那……不然先送我去機場你再過去？不會耽誤太多時間吧。」

五秒後：「……你把我放下來，我自己叫個專車去機場也可以，反正也沒多遠了。」

十秒後：「好吧隨便你。」

季明舒其實只想當一只品種名貴的花瓶，並不想深入瞭解冷漠總裁背後的故事，但，吃人嘴短拿人手軟，她突然就有一種被命運扼住了頭蓋骨的感覺。

✕

其實季明舒對岑家舊事瞭解得很少很少，還是在初二那年才無意間知道，岑森有段比較狗血離奇的身世——

岑森和岑楊，在出生的時候被抱錯了。

具體是如何被抱錯又是如何在長大到七八歲時被發現，季明舒並不清楚，她只記得剛知道這事的時候，第一感覺便是嘴巴都合不攏的那種震驚。

因為得知此事的前一天，國中生舒寶剛看完一本富家小姐被壞心保姆故意掉包的言情小說，女主自然是真小姐。

看完她就自動自發地代入了假小姐的身分，腦海中還在幻想：自己會不會是被抱錯了，等她以後要結婚就會突然冒出一個白蓮花醜小鴨要來跟她搶身分搶財產搶老公，然後她使用各種手段都沒能戰勝小白蓮女主，最後落得一個淒淒慘慘戚戚沒錢又沒愛的悲情下場。

第二感覺則是，岑森可真是太太太討厭了！

據說最開始岑家的想法是這樣的：他們想將岑森接回來認祖歸宗。至於岑楊，養了這麼多年感情已經十分深厚，以後就當自家孩子繼續養下去。兩兄弟還可以作個伴，反正岑家也不缺這點養孩子的小錢。

可萬萬沒想到，岑森竟然不同意。

他小小年紀態度就異常強硬，特別直接地表明道：要接他回岑家，岑楊就必須走。

岑家是思想特別舊派的家庭，表面上一派和諧，實際上重男輕女重嫡繫輕旁支都是有的，更遑論親緣血脈之間的區分了。

所以岑家在面臨選擇題時，肯定是以滿足岑森這親血脈的要求為第一準則，幾乎是沒有任何異議的，直接對岑楊宣佈了放棄。

岑楊被打包送回星城安家，岑家還給了安家一大筆撫養費，並建議他們舉家出國，以後不回來了最好。而從此之後岑家也只有岑森，誰也不許再提岑楊。

當時季明舒就覺得，你回來不就好了，為什麼非要讓岑楊哥哥走？原來岑楊哥哥不是去留學了而是被這個男版醜小鴨給逼走了。

這醜小鴨做人未免也太心狠手辣了吧，小小年紀就這麼狠以後長大怎麼得了。

她真情實感地代入岑楊的角色替他感同身受，也真情實感地對岑森這塊人狠話不多的移動冰山感到嫌棄和厭惡。

這一真相，也可以說是季明舒在青春期和岑森處處作對的直接導火線了。

只不過隨著年齡增長，季明舒也成熟了不少，偶爾也能站在岑森的角度思考問題。

其實至始至終，錯的都不是他，誰也沒有資格站著看戲，還慨他之慷。

黑色轎車從機場掉頭，一路駛往星城大學教師公寓。

越接近星大，季明舒就越緊張，她沒過一會兒就要舉起小鏡子檢查妝容，頭髮也是捋了又捋確保如絲般順滑。

下車前，她還換了一款顏色比較樸素的口紅，又從後車箱裡翻出了一件風衣外套披在身上，反正整個人都嚴陣以待，看起來比岑森還要緊張。

沒辦法，她沒有婆婆，岑遠朝又身體不好，現在大多時間都住在遠郊園子裡養病，不給探視。所以她都沒怎麼跟公公婆婆這一輩的長輩打過交道。

安父安母養了岑森好幾年，陪他度過了人生中最單純的童年期，再怎麼不來往再怎麼切斷聯繫，肯定也是有點感情的。

這兩人從情理上來說，也能算得上是她的半個公公半個婆婆吧。而且這兩人都是星大教授，她這半個兒媳初次見面，還真有點小緊張。

季明舒光顧著自己緊張，這一路也沒察覺出岑森的過分沉默。

站在星大老舊的教師公寓前，她最後一次整理妝容，從包包裡摸索出婚戒給自己戴上，又親親密密地挽住岑森的胳膊，做足了二十四孝賢良淑德好媳婦的模樣。

只不過她這二十四孝兒媳婦在上樓這一關就被難住了。

星大教師公寓也不知道已經有了多少個年頭，沒裝電梯暫且不提，這樓梯也真是又窄又小，又高又陡。

季明舒好巧不巧穿了雙尖尖細細閃閃發亮的高跟鞋，踩著上了兩層樓整個人就已經不太好了，而安家，住在遙不可及的六樓。

「不，不行了，我要休息一下，我太辛苦了。」

區區三層樓，季明舒就活生生把自己爬成了一條只會喘氣的鹹魚，她拖住岑森，一步都不肯動，神似大馬路上還隔十公尺遠就能原地躺倒強行昏迷求抱抱的專業碰瓷選手。

岑森看了她一眼，沒說話，只往下走了兩級臺階，身體微屈，回頭低聲道：「上來。」

季明舒：「……？」

她揉了揉小腿，還有點不敢相信這狗男人突然有了人性。

✕

一路上到六樓，從岑森背上下來，季明舒悄悄觀察：也是奇怪，平日沒見他怎麼鍛煉，背著人一口氣上六樓竟然也沒大喘氣。

他是背地裡偷偷吃了高鈣鈣片嗎？

不，一定是因為她表裡如一，身輕如金絲雀。

這老公寓樓隔音效果估計不怎麼好，兩人這才剛上樓，右邊那扇非常有年代感的防盜門就咯吱咯吱從裡面打開了。

從門裡探出一張瘦而清秀的臉，「請問是安……岑，岑森哥哥嗎？」

女孩子大概十九、二十歲的樣子，頭髮用黑色髮圈紮成馬尾，素顏，看起來就是個清純樸素的女大學生。

岑森稍怔，隨即又恢復正常，點點頭，「嗯」了一聲。

女生看著岑森，半天沒移開眼，看到他身後的季明舒，更是愣住了。

她從來沒有在現實生活中見過這麼好看的女人，太好看了，整個人好像都在發光，站在這裡，這棟樓感覺都漲價了。

女生呆呆愣愣的，好半晌才結結巴巴將兩人引進屋裡。

這間屋子將近四十坪，已經是整個星大教師公寓裡最大的一間了，這還有賴於安父安母都是教授，才有資格分配到面積這麼優越的住房。

但季明舒幾乎沒住過這種面積的房子，一進屋，她就被撲面而來的年代氣息還有局促的空間弄得有點手足無措，根本就不知道該往哪裡站。

她眼巴巴地看向岑森，岑森卻沒理她，他的目光在這房間裡的一事一物上流連，有種有別於平日的溫柔情致。

那呆頭鵝般的清純女孩把他們迎進來後既不做自我介紹，也不知道端茶遞水，手忙腳亂地鑽進了廚房通知陳碧青。

沒過一會兒，繫著圍裙、頭髮已經摻雜銀絲的安母陳碧青就從廚房急匆匆跑出來了。

陳碧青年輕時候應該是個美人，可能是腹有詩書氣自華，即便是衣著普通還繫著圍裙，身上也自帶一種優雅的書卷氣息。就是，不太像移民十數年的歸國華僑，有點歷經風霜的滄桑感。

老公寓裡灰塵很多，光線從窗外投射進來，塵埃被照成一束束，漂浮在空中，靜止不動。

公寓裡也很安靜，只有廚房隱約傳來抽油煙機的聲音。

陳碧青站在離岑森三四公尺遠的地方，幾乎是在見到他的那一瞬間，就紅了眼眶。

緊接著她捂住嘴巴，眼睛一眨不眨地看著岑森，眼淚就那麼直直往下滾。

不知道為什麼，那一刹那，季明舒的心好像也被狠狠揪了一把。

這太奇怪了，她明明是個看純愛悲情電影還能嘻嘻哈哈挑漏洞的抬槓精，但就是莫名覺得，如果她有一個很愛她的媽媽，看她的眼神，就應該像陳碧青這樣。

岑森……她看了眼岑森。

沒有表情。

面對自己叫了七八年母親的人，他竟然就這樣，面無表情。

她覺得自己這輩子恐怕是很難再從岑森臉上找到多餘的情緒了。

✕

十二點的時候上桌開飯，季明舒始終沒有見到闊別多年的岑楊還有理應存在的安父，小小的四方桌前，就只有陳碧青，岑森和她，還有岑森的妹妹，安寧。

岑森走的時候，安寧才一歲，還是個小寶寶，兩人也沒太多兄妹之情，自然是無話可說。岑森本就沉默，陳碧青又始終哽咽，只能透過不停夾菜來轉移注意力，於是活躍氣氛的重任竟然就這麼落到了季明舒的身上。

季明舒如坐針氈，她不知道該怎麼稱呼陳碧青，隨岑森叫吧，可岑森至始至終都沒有叫，那聊點近況吧也不合適，直覺告訴她，安父岑楊都是不能踩的雷區，她甚至覺得問安寧現在在哪裡念書說不定都能順腳踩一個暴雷。

既然如此，那也只能就眼前的菜色展開話題了。

「這個炸蓮藕好好吃呀，我以前都沒有吃過呢。」——那是因為她從來不吃油炸食品。

「這個青菜也好新鮮，還很香。」——那是因為用豬油炒的，她平時絕對不會碰豬油這種體重殺手。

「這個魚也好嫩哦……」季明舒為了用實際行動尬誇這條魚，夾了很大一塊活生生往下嚥。

下一秒：「咳！咳咳！」

她忽然抓住岑森的胳膊，又指了指自己喉嚨，咳得面紅耳赤。

陳碧青：「怎麼了，卡住了嗎？」

安寧：「嫂子你還好吧，你吞一匙飯，用點力。」

季明舒信了她的邪，還真吞了，結果差點沒痛到當場去世。

陳碧青又急忙起身，「我去幫你拿醋。」

岑森：「沒用，走，去醫院。」

季明舒也聽過闢謠說喝醋沒用，但去醫院也不知道還要痛多久，她先就著醋吞了兩口，沒想到誤打誤撞真給吞下去了。

劫後餘生，看著站起來圍著她的三人，還有耳邊三人你一句我一句的關心，她竟然有點小欣慰。

為了活躍氣氛，本寶寶真是付出太多了。

岑氏森森，你欠我的必須用一艘航母來還！

✕

這頓午飯在一陣手忙腳亂中宣告結束。

飯後，陳碧青收拾碗筷，安寧幫著開電視泡茶切水果，岑森去了陽臺接電話，季明舒就只好坐在沙發上，看安寧轉到的一檔本地新聞節目。

節目主人公是一對星城周邊城鎮即將結婚的年輕人，男方在結婚之前意外發現女方有過墮胎歷史，無法接受怒而退婚。

女方這邊先是挽留，挽留不住又說不結了也可以，但二十五萬塊聘金不能退，因為你也睡過我了，分手費總得給。

雙方上節目完全是就為了那二十五萬塊聘金爭吵。

季明舒從來沒有看過這種節目，一開始都不相信有人為了二十五萬塊就能上電視接受採訪互相辱罵。

但當她看到節目下方跑馬燈播送的預告上寫著「中年男子麻將桌上因五十元賭資與牌友發生糾紛突發腦溢血，現已緊急送往星城市人民醫院」時，又覺得這二十五萬塊真是撕得有理有據令人信服。

她邊吃水果邊看電視，看得還有點小投入。

見安寧做完事站在一旁不知道該做點什麼的，她還要安寧也坐下一塊兒看。

安寧紅著臉點了點頭，沿著沙發邊邊坐下，雙腿併攏，手也規規矩矩地搭在膝蓋上，拘謹得好像這是季明舒家，而她只是個來做客的遠方親戚一樣。

季明舒吃水果看電視的時候也很有名媛淑女的氣質，明明這屋子普普通通甚至可以說是非常老舊，但她愣是坐出了在米蘭秀場頭排看秀的優雅。

安寧時不時就假裝不經意地偷瞄她一眼。

沒辦法，她真沒有見過這麼好看的女人，比電視上的女明星還好看，就像是一顆在白日也能閃閃發光的明珠。

季明舒一開始沒發現安寧的迷妹眼，後來拿衛生紙的時候剛好撞上這道好奇打量的視線，她稍稍一怔，隨即又笑咪咪地看著她，試圖表達自己的親切友好。

可安寧很害羞，被抓現行了就立馬躲開目光不再和她對視，臉也一剎那就紅成了番茄。

季明舒：「……」

這是什麼年代遺留下來的清純少女，也太害羞了吧。

難怪和岑森不是親兄妹，這小女生連岑森百分之一的臭不要臉基因都沒有共用到。

下一秒她又很自然地聯想到了岑楊。

岑楊在的時候她還太小，記憶隨著年齡增長模糊，她甚至都已經記不清岑楊的具體面容，只記得岑楊是個陽光開朗的大哥哥，和安寧這親妹妹的個性也是南轅北轍。

季明舒走神這一小會兒，岑森已經通完電話往客廳回走。

他徑直走至沙發前，沒坐。

季明舒抬頭對上他的視線，從他眼中讀出了一種「吃完飯就要拍拍屁股走人」的意思。

不是，他特意跑來吃飯，就真的只吃個飯？

和安寧沒有培養過兄妹感情無法交流也就算了，但是陳碧青……從進來到現在，他們母子倆也沒說上三句話吧。

季明舒怔了怔，一時不知該如何動作。

好在這時陳碧青剛好從廚房出來，她似乎也看出了岑森要走的意思，忍不住開口喊了聲，「小森。」

空氣忽然安靜。

好半晌，誰都沒有開口說話。

季明舒覺得這種沉默實在讓人太難受了，她憋了半天，終於吞吐著憋出句：「那個……我口紅不見了，寧寧，你陪我去買支口紅吧？」

安寧突然被點名，有點反應不過來。

季明舒行動力很強，迅速起身提上包包，又將安寧拉起來，連拖帶拽地將她拽出了屋子。防盜鐵門「咯吱」一聲闔合，屋內瞬間就只剩下陳碧青和岑森兩人。

午後陽光靜謐，夏末花草最後的芬芳被微風裹挾著吹進來，略帶鐵鏽氣息，熟悉到讓人有種時光穿越的錯覺。

岑森記得，也是這樣一個陽光宜人的午後，他因為心心念念要去買漫畫書，提前結束了午睡。

背著書包去上學之前，他想去主臥看一眼小妹妹，可在主臥門外，他聽到爸爸媽媽在說話。

好奇心驅使，他附在門上偷聽。

爸爸安國平說：「他們岑家有錢養孩子，那難道我們家就能虧待了孩子不成？都想歸他們養，這是什麼道理！」

陳碧青嘆了口氣，「人家條件好，自然能給孩子更好的成長環境。只不過他們都不想讓我們看看那孩子，甚至連那孩子現在叫什麼都不知道。」

聽到這，安國平沉默了一下。

兩夫妻還說了幾句聲音很低的話，岑森沒有聽清楚。到最後，他只聽見陳碧青略帶哭腔地說：「你說怎麼就會發生這種事呢。」

那時候岑森年紀還小，陳碧青和安國平的隻言片語他並不能完全理解，但他已經隱隱預感到，一些和自己有關的事情正瞞著他悄然發生。

也就是從那時起，他開始有意識地偷聽陳碧青安國平說話，真相也在一次次的隻言片語中，被他慢慢還原。

後來岑家的車和保鏢停在教師公寓樓下，陳碧青和安國平拖到最後一刻告訴他真相的時候，他意外地平靜。

他曾在偷聽中，聽過很多次兩人不願將他送還岑家的討論。可到最後，他的爸爸媽媽，還是拋棄了他。

可能是過去太久太久，現在回憶起來，都有種恍若隔世的感覺。

岑森坐在沙發上，看著對面已經不再年輕的陳碧青，忽然問：「這些年，沒有出國嗎？」

他自己在國外求學多年，想要分辨一個人是不是剛從國外回來再容易不過。

陳碧青看著桌上的果盤，輕聲道：「沒有，我們一直在南城生活。楊楊⋯他出國了，他⋯⋯和我們不是很親近。」說到這，她腦袋又低了低，「很多年前就出國了，也沒怎麼回來過。」

岑森沉默。

陳碧青又局促地問：「你，你過得還好嗎？你和小舒是，三年前結的婚吧？」

岑森「嗯」了聲。

陳碧青點點頭，「小舒這女生很好，又漂亮，又可愛。你們好好的，我也就放心了。」

說完這句，她急忙擦了下眼角，笑了笑。

岑森沒有接話。

過了半晌，他忽然問：「爸呢。」

這一瞬，換成了陳碧青沉默。

很久過後，她才緩緩開口道：「他已經……過世了。」

×

「過世了？」季明舒稍怔。

從安家出來，季明舒就拉著安寧上車，準備去附近商場買點東西。

離這最近的商場也要一刻鐘車程，季明舒覺得也不能一刻鐘都乾坐著，那多尷尬，於是她就在車上和安寧聊起了天。

說是聊天，其實更像一問一答。

安寧是個單純誠實的小女生，基本上季明舒問什麼她就答什麼，所以季明舒也沒能忍住誘惑，順便向她打探起了安家的事。

「就在前段時間，爸爸生了病，媽媽想找岑森哥哥回來看看他的，但是還沒等媽媽找到，他就沒熬過治療，過世了。」安寧低著頭，「我們也是因為爸爸過世才會回星城的，爸爸過世前說，他想回家看看。」

安父過世了。

季明舒雖然驚訝，但也沒有特別震驚，因為從在安家沒有見到安父身影開始，她心裡就早已產生諸多猜測。

「那…岑楊呢，噢，他現在應該叫安楊了吧？」

安寧搖了搖頭，「哥哥他沒有改名，我沒有怎麼見過他，他很多年前就去國外生活了，通常好幾年才會回來一次。這次爸爸過世，他說要回來，但一直還沒有回來，我已經很久很久沒有見過他了。」

「這樣啊……」

季明舒略略點頭，心裡有種說不出的感覺，也不知道該接點什麼話。

好在商場已經到了，別的她不擅長，逛街倒是她鐵板釘釘的拿手項目。

她收拾好心情，挽著安寧的手往裡走，又開始念叨自己那一套女人就要活得精緻的歪理。

「你也上大學了，不能總這樣樸素呀，你看看你這小臉蛋多水靈，好好整理一下趁著年輕談談戀愛多好。」她轉頭看了眼，「還沒有男朋友吧？」

安寧羞赧地搖搖頭。

「大學可是戀愛的最佳時期，等你出了學校哪還能遇上什麼純粹的愛情啊，光是站在面前對視一眼就得考量對方的物質條件。」

季明舒自己大學都沒談過戀愛，理論說起來倒是一套一套的。

安寧好奇問道：「那你和岑森哥哥是大學同學嗎？」

季明舒：「……」

不好意思，我們就是站在面前對視一眼就得考量物質條件的那種塑膠夫妻。

很快，她若無其事地轉移話題，「其實也不光是談戀愛，女孩子就算是不談戀愛，那也得對自己好一點，你不覺得每天穿得漂漂亮亮的心情就很好嗎？」

這點安寧倒是同意，大學宿舍裡，女生除了學習和戀愛，討論得最多就是各種衣服包包保養品化妝品。

她耳濡目染地，多少也瞭解一點，但一直沒好意思邁出這一步，每天只知道埋頭學習。

季明舒見不得好看的小女生這麼樸素，本想先帶安寧去買套保養品，可忽然接到《設計家》節目組的電話，商場裡訊號又不好，聲音斷斷續續的，她便隨手指了附近一個牌子的專櫃，讓安寧在那裡等等，她出去講完電話馬上進來。

安寧自是答應。

商場一樓是珠寶和保養美妝的專櫃，安寧平日很少進這種地方，有點被數之不盡的探照燈晃花了眼。

她在季明舒指定的品牌附近晃蕩，不經意間看到一個室友最近每天念叨的彩妝品牌，聽說這牌子有一支口紅很當紅。

她走了過去，目光在口紅展示櫃上流連，默默回憶室友說過的口紅色號。

終於，她在展示櫃的倒數第二排找到了那支口紅的試用裝，拿起來在手上試了下色，確實還挺好看。

她今年大三了，還沒有買過一支口紅，一時有些躍躍欲試。

「你好，請問這支口紅多少錢？」她舉起口紅問櫃姐。

櫃姐上下掃她一眼，見她這學生樣就提不起勁招呼，翻了個天大的白眼，又繼續玩手機，臭著臉毫無誠意地隨口道：「對不起，這支是我們的熱門款，不單獨銷售，需要二比一配貨搭配銷售的。」

配貨？

安寧完全聽不懂是什麼意思，還以為是自己太老土了，臉瞬間紅到不行，手足無措。

可就在下一秒，她忽然聞到一陣淡而熟悉的果香。

季明舒不知什麼時候出現在她的身邊，從她手中扯過那支試用品直接扔了過去，聲音冷而譏誚，「搭配銷售？搭配你這張臭臉一起銷售嗎？」

以為自己什麼玩意兒還配貨。

配貨算是一種不成文也未明說的規定，最廣為人知的配貨奢侈品大概是愛馬仕的三款熱門包包：柏金、凱莉、康康。

比如一比一配貨，就是說一個五十萬塊的包，需要購買五十萬塊的同品牌其他指定類型產品，店員才會給拿包的機會。在不同地方不同門店，也有各種不同比例。

季明舒自然知道有這麼回事，但規則這東西既然是人定的，就總有例外。

當你是年消費最低都有八位數的名媛闊太時，全世界任何一家頂奢門店的銷售大概都只會對你敞開大門笑臉相迎。

蔣純當初和季明舒還不對盤的時候，聽說季明舒買很多包都不用配貨，以為她在吹牛或者是偷偷買假貨。

結果被季明舒的那群塑膠小姐妹狂轟濫炸劈頭蓋臉地就是一頓科普狂懟，基本圍繞我們家舒舒待遇有多麼尊貴、她的限量款都是走拍賣的等等進行展開。

最後季明舒還笑咪咪地總結性發言了一句：「其實沒有什麼買不到的包包，如果買不到，那是你的問題。」

季明舒有各種品牌的各種限量款和非限量款包包，比一般門店都要齊全。在奢侈品中浸淫多年，的的確確沒有哪個銷售說過讓她配貨。

現在到了星城倒真是活久見，一個賣彩妝的二線牌子，檔次沒跟上去，規矩架勢倒很大。

商場一樓迎來小範圍的寂靜，顧客和其他化妝品專櫃的銷售人員紛紛循聲望向季明舒。

站在季明舒身側的安寧整個人都懵了，比剛剛櫃姐告訴她需要配貨時還要懵。

她……她這小嫂子，也太，太霸氣了吧。

被扔了口紅的櫃姐也沉浸在震驚中沒回過神。

其實那口紅雖然是朝著她的方向扔的，但季明舒控制著並沒有真的扔到她。

那支試用品隔著一手寬的距離，正正好摔在她的高跟鞋邊，地上留下一道玫瑰紅的印跡，口紅膏體斷成了兩截。

倒是這專櫃的另外一個娘娘腔反應比較快，他忙上前上下打量自己同事，又很不客氣地質問道：「小姐，你有什麼不滿可以直說，用不著動手吧？你這人怎麼這樣？」

這娘娘腔渾身上下都散發著二線城市半桶水晃蕩最愛狗眼看人低的姐妹氣息，和他的同事一樣有著該品牌一脈相承的白眼臭臉陰陽怪氣三大待客法寶。

季明舒輕笑，「我這人就這樣，你什麼貨色，我什麼臉色。」

娘娘腔剛剛沒仔細看，這時從上至下掃了眼季明舒，態度忽地收斂許多，但仍是和自己同事站在統一戰線上，擺出一副特別官方的態度。

「小姐，配貨是我們品牌規定的，您有氣也不必衝著我們來發，我們只是小小員工，左右不了上頭的決定！」

「品牌規定？來，我開個錄音，你把剛剛說的話再說一遍。」

季明舒差點氣笑，「寧寧，查一下消保會電話，問問我們國家是批准了哪個品牌可以強行配貨強買強賣，給你點油還真把自己當蔥當蒜以為能炸出香味了。」

那娘娘腔是一時嘴快，剛說完就知道自己說錯了話，聽季明舒這麼認真，臉色更是倏然慘白。

畢竟就算是頂奢品牌，你直接進去問某個包的配額，銷售通常都只會笑笑說，我們家不需要配貨，然後再問你要不要看看珠寶或者成衣。

可以說，根本就沒有哪個牌子會大喇喇地說自家規定必須強行搭配購買。

更為關鍵的是，配貨本來就只是專櫃最近流行的風氣，他們這些銷售為了拿業績才這麼忽悠顧客，真要鬧到品牌方那裡去，後果不堪設想。

季明舒一眼就看出來這兩人做賊心虛，輕嘲道：「當個銷售把你們慣成這樣，陰陽怪氣甩臉色給誰看？我看你們站個櫃就以為品牌是自家開的這優越感都可以列入世界三大錯覺了。」

她撩了下頭髮，雙手低低地環抱在身前，又雲淡風輕地繼續道：「我也不想跟你們多做計較，跟我妹妹道歉，她滿意了，我也就滿意了。」

安寧再一次懵了。

她沒想過讓人道歉，但現在如果特別聖母沒膽地說一句「不用了不用了」，那不是打她嫂嫂的臉嗎？

於是她就只能看著一男一女在眼神對視半晌互相猶豫不決之後，臉色極其難看地向她鞠躬，道歉道：「這位小姐對不起，是我們服務態度有問題，以後絕對不會了，還請您原諒這一次，口紅如果您還需要的話，我們這邊可以幫您包起來。」

安寧不知道該不該出聲。

季明舒站在一旁不鹹不淡道：「我妹妹還不是很滿意，那我也不太滿意。」

她話音未落，兩人就鞠躬鞠得更深了，若說剛剛的道歉還很咬牙切齒，這一次就頗有幾分「算了算了惹毛了這女的沒好果子吃」的躺平任嘲之感。

安寧看了眼季明舒，這才吞吐道：「哦，可，可以了，口紅就不要了。」

既然安寧接受了，季明舒也就沒再計較，在保全趕來之前就快速結束了這場小型戰鬥。

受了這種閒氣還能繼續買這家口紅那怕是忍者神龜級別的鋼鐵戰士。

事後那被扔了口紅的女櫃姐還坐在自家櫃檯裡喪著張臉哭哭啼啼，季明舒直接無視，挽著安寧掃遍整層專櫃，幫她挑了三十多支口紅。

✕

傍晚夕陽西下時分，季明舒和安寧回到了星大教師公寓。

一想到要爬六樓，季明舒就覺得腿肚子在隱隱抽筋，有點不情不願。於是她讓安寧先帶著東西上去，藉口說自己還要打幾通電話。

安寧沒有多想，提著季明舒幫她掃蕩的戰利品先上去了。

等人一走，季明舒就坐在車裡傳訊息給岑森。

季明舒：【我們要留在這邊吃晚飯嗎？】

季明舒：【我爬不動樓梯，你下來接我好不好？】

等了三分鐘，岑森沒有回訊息。

正當季明舒想咬咬牙爬上去算了的時候，旁邊車門忽然被人拉開，她轉頭，正好對上岑森的視線。

季明舒略感驚訝，「你……不留下吃晚飯？」

岑森「嗯」了聲，神色平淡。

季明舒還握著手機，猶豫著問：「你和，你們……聊得怎麼樣？」

岑森看了她一眼。

季明舒稍頓，立馬坐直，擺出一張「我只是出於禮貌問問其實並不是很想知道」的正經臉。

「還好。」他又簡短地回答了兩個字。

季明舒也敷衍地點點頭，望向窗外。

過了會兒，她突然想起件事，她的「間諜」大業彷彿到了要交情報的重要時刻。

她舉起手機，盯著通訊軟體介面看了會兒，反覆三次過後，她終於點進岑迎霜的對話方塊。

可打了沒幾個字，她又不知道想起什麼，長按刪除鍵清空了內容。

告岑氏森森的密，真的有點小心虛，她決定先和姐妹們嘮叨一會兒練練手感。

嘮叨了大概有五六分鐘，季明舒突然轉頭拍了拍岑森。

岑森正閉眼休息，拍了兩下沒動靜，她又偏了偏身，湊過去用食指和拇指強行擴開他的眼睛。

哪成想星城分部這邊的司機叔叔沒有岑森慣用的專業，從後視鏡裡見夫妻倆親密，一個沒留神就開到了紅綠燈前，只能猛地來一腳剎車！

季明舒本就偏著身體，突如其來的剎車慣性帶得她往前倒，眼瞧著就要摔到地上，岑森伸手，攬了她一把。

一陣天旋地轉過後，她仰面躺在岑森腿上，和岑森直直地，四目相對。

岑森：「……」

季明舒：「……」

季明舒眼睛一眨不眨。別說，這狗男人還長得蠻好看的，這種謎一般的角度也看不見雙下巴之類的毀容神器。

看了半分鐘，她終於回神，撐著岑森的雙腿借力起來，坐得規規矩矩，又清了清嗓子說起正事，「我，我跟你說件事，其實就是……就是小姑告訴我，如果你和安家有聯繫的話最好可以通知她一下，因為爺爺挺擔心你的，又不好直接問你，我當時覺得你不一定會和安家有聯繫，即便是有聯繫也不一定會讓我知道，所以我就答應下來了，那沒想到……」

她頓了頓，「做人不能言而無信是吧，所以我就是要通知你一聲我要去告密了。」

岑森：「……」

見他不出聲，季明舒又偷瞄他一眼，然後拿起手機裝模作樣地告密，實際上她還是在群組裡和蔣純谷開陽一心兩用地不停碎碎念。

可岑森毫無預兆地，忽然奪過她的手機，淡聲道：「不必了，我會自己和爺爺交代。」

他掃了眼手機螢幕，本想和岑迎霜說話，看清內容後卻頓了頓。

季明舒：【你們說我要不要跟岑家人告密？告密了這狗男人會不會切斷我的經濟來源？背叛這狗男人是不是不太厚道？】

谷開陽：【這樣，你就直接告訴你男人，說你要跟他爺爺告密，這樣還能顯得你飽受良心的譴責，其實你是一個直率而不做作的單純小女生，你男人稍微懂點事的話就會說我自己

去說，這樣兩邊都不得罪。】

蔣純：【還能這樣？】

蔣純：【目瞪口呆！】

蔣純：【谷編果然就是谷編，不愧是我們三個人中唯一一個有工作經驗的女強人！】

季明舒：【那如果他就是半點都不懂事呢？】

谷開陽：【岑總在你心目中的形象就這麼低下嗎？不至於吧？】

季明舒：【他本來就這麼低下。算了，我先試試。】

兩分鐘後。

季明舒：【嗚嗚嗚！咕咕不愧是我的寶貝聰明蛋！我愛你！！！】

谷開陽：【深藏功與名。】

季明舒：【坦率純真小白蓮一號技能達成！】

岑森緩了緩，看了眼群組名稱——惡毒女配線上聊天群。

第八章

空氣靜默，並且是長久的靜默。

季明舒愣住了，和岑森一樣看著螢幕上的群聊對話，甚至都忘記要奪回自己的手機。

好在三十秒後手機進入了自動鎖屏狀態。

岑森的目光從手機螢幕緩緩移至季明舒那張精緻而又愣怔的臉上，還很細微地，一寸一寸打量，像是想要近距離研究這張美麗明豔的臉，到底和惡毒女配有什麼一絲一毫的關係。

季明舒：說不出話。

就這麼無聲對峙了一分鐘，在季明舒以為自己紅顏薄命要活生生在車上尷尬到窒息之時，飯店終於到了。

車停下的那一瞬間，季明舒甚至都等不及車童過來幫忙開門，自己就火速下了車。

她低頭匆匆戴上墨鏡，快步往飯店裡走，手上一陣陣地顫抖，還不忘打開通訊軟體清空群組訊息並老老實實將群名改成了「三個小仙女」。

上帝作證，她以後絕對不會再趕網路上的時髦亂取群組名了，也絕對不會再當面搞小動作說人壞話了！

上帝再作個證，季氏舒舒是一隻發自內心熱愛享樂生活的小金絲雀。只不過有那麼兩三秒，她的尊嚴戰勝了物質，腦海中閃過了「只要永遠不在那狗男人面前丟臉現眼我願意淨身出戶」的念頭。

為了躲避和緩解與岑森相對無言的究極尷尬，季明舒沒回房間，徑直去了旋轉餐廳用餐。

估計著時間，她又在岑森過來用餐之前迅速閃現到了SPA中心，這之後又要了一個飯店KTV的迷你包廂，在裡面開了場長達兩小時的個人演唱會。

一直耗到岑森平日入睡的時間點，季明舒才偷偷摸摸回到樓上套房。

房間裡只開了落地燈，光線略暗。

臥室入目可見的大床上枕頭被套都鋪得整齊乾淨，還很平坦。

岑森人呢，還沒睡？

她在門口換上拖鞋，悄悄進了書房。

書房也沒人。

她又推開了通往客廳的那扇門。

客廳的空氣中，好像有點威士卡的味道。季明舒循著酒氣往前走，只見茶几上擺了好幾支空酒瓶。

岑森靠在沙發裡，腦袋微微上仰，雙眼緊閉。

他身上有很濃重的酒氣，但安靜休息的模樣，倒看不出醉酒跡象。

季明舒上前，伸出根手指戳了戳他的臉，輕聲試探道：「睡了嗎？」

沒有反應。

她站直身體，心裡微鬆口氣的同時，又有點想要嘆氣。

其實像他們這種工作應酬多的人，喝酒都已經喝得有點生理性厭惡了，如非必要，平日都不會多沾。

像她大伯二伯，平日回家吃飯，都是滴酒不碰的，逢年過節家庭聚餐，也頂多小酌。

今天喝這麼多酒，他心裡應該，很難過吧。

在沙發邊站了會兒，季明舒又善心大發，輕手輕腳幫他蓋上了毛毯。

可當她準備悄悄離開的時候，岑森忽然攥住她的手腕，緩緩睜眼。

「……」季明舒略懵，反應過來後忙解釋，「我幫你蓋個被子，只是蓋個被子，什麼都沒幹。」

她又問：「你……要不要回床上去睡？」

岑森沒有答話，手上稍稍用力，就將人拽進了懷裡。

他抱著季明舒，埋在她柔軟的髮間，深深淺淺呼吸，再次閉上了眼。

季明舒也不知道他這是唱的哪一齣，身體被抱得很緊，根本沒有掙扎的餘地，只能在他耳邊不停念叨——

「喂，你放開我。」

「別裝睡，說話！」

「你還行不行，不能喝就別喝這麼多，你要吐的話先說一聲，千萬別吐我身上。」

「……抱夠了嗎？我手都要麻了！」

「別吵，再抱一會。」

岑森低低出聲，鬆了點力道。

季明舒也不知道中了什麼邪，還真乖乖閉上了嘴。

四下寂靜，兩人貼得很近，呼吸在耳側摩挲，心跳好像也近在咫尺。

夜深人靜的時候，好像就很喜歡回憶從前。

記得念中學那時候，他們附中的國中部和高中部是合在一起的，她有四年的時間都和岑森待在同一所學校。

她不是典型意義上的模範生，沒少因為違反校規校紀被通報批評，但平心而論，她學習成績還算不錯，不然後來也不能去薩凡納念書。

那時候每次月考期中考結束，學校都會出年級排名的光榮榜。她看完自己年級出榜，總喜歡跑去看岑森他們年級的。

但岑森的年級排名基本和他的狐朋狗友江徹一樣穩如泰山，兩人總是圍著第一第二打著轉地換。

有一次岑森跌出前十，她樂得和什麼似的，放學就跑去岑家蹭飯，順便跟岑老太太告小黑狀，言語之間表達的意思都是「岑森這次退步好大說不定是染上了網癮或者偷偷交了小女朋友奶奶你必須好好教訓教訓他」。

她的小黑狀告得特別起勁，岑老太太也順著她笑呵呵地說，回頭一定要對岑森嚴刑拷打。

結果後來她跑岑森面前耀武揚威的時候才知道，他跌出前十是因為代表學校去參加青少年環保論壇，缺考了一門，她整個人的氣焰頓時就被澆滅得徹徹底底。

現在回想起來，讀書那時候，她好像總是見不得岑森好。

後來他畢業和李文音那小白蓮談上戀愛，她也不知道為什麼，就很不爽。

緩了很久，她才覺得這是件好事，禍害就該像他們倆一樣捆在一起一齊打包扔進火葬場化成微生物為這美好世界做貢獻才對。

那時候她從來沒想過，後來有一天她會和曾經的「仇人」結婚，現在還會和他這樣親密地抱在一起。

想到這，季明舒不自覺地紅了下耳朵。

好巧不巧，下一秒，岑森就在她耳朵上親了一下。

帶著酒氣的呼吸溫熱濡濕，他嗓音也低低的，像是不甚清醒的呢喃。

「我問你，如果我什麼都沒有了，你會不會拋棄我。」

「……？」

這突如其來的矯情讓季明舒迅速從回憶中清醒過來，並且天靈蓋為之一震。

這太不像岑森的畫風了，即便是醉成了一灘爛泥，岑森也應該呢喃些「明天開盤A股快速衝高機率很大」、「某某專案資金空缺讓負責人自己想辦法」之類的資本主義獨裁者日常嘴炮內容才對。

季明舒起了身雞皮疙瘩，可轉念一想又覺得，岑森說不定只是在她面前才鐵板一塊，在某些女人面前其實是多金多情又溫柔繾綣的，他這半醉半醒，是因為認錯了人才突然尬起了矯情霸總的畫風？

她心裡有點不是滋味，但為了避免聽到更多讓她想趁醉分屍的話，還是強調了一下，「你是在問我嗎？我是季明舒，季明舒，季明舒！」

「嗯，季明舒，我就是問你。」

「……」

還真是問她。

季明舒的心跳不爭氣地漏了半拍，同時還莫名軟了三分，就連臉蛋也開始發燙。

她強行繃住，嘴硬道：「你，你做什麼夢呢。什麼都沒有還想讓我跟著你吃苦嗎？你瞧瞧你自己這張嘴，要不是因為你是岑家的少東家誰要嫁給你。」

見岑森沒反應，她又小小聲繼續碎碎念，為自己造勢，「我告訴你，也就是我好心，一般女人哪裡受得了這個悶氣哦，你真是活該單身一輩子吧你，還不對我好一點。」比如說給我買航母。

岑森低低地笑了聲，也不知道是醉得太厲害沒聽進去還是怎麼，也沒反駁她，只把人給抱得更緊了些。

這個世界上所有人都會為了現實妥協。

小時候爸爸媽媽私底下說了不願意送走他，最後還是因為需要岑家的錢給安寧治病，送走了他。

岑家一開始也一直說要留下岑楊，可最後還是因為他身上所流的才是岑氏血脈，他的回歸意義大於岑楊留下的意義，最終選擇送走了岑楊。

季家更不必提，他早知道季家私底下已有聯姻想法，只不過因為他橫插一腳，季家認為和岑家聯姻更為有利，這才暗自斷了原本屬意的人選，將季明舒嫁給他。

什麼親情什麼不得已，到頭來都是一輕一重有所抉擇罷了，偏偏他們還總要找些冠冕堂皇的理由為自己開脫，從不承認。

從前他只覺得季明舒膚淺，相處多了倒覺得，她活得比自己更清醒明白。

能說的，她從來都是有什麼就說什麼。

不能說的，比如季家對她是不是真的那麼千寵萬愛，她心裡比誰都要清楚，卻從來不會宣之於口。

仔細想想，親情這東西從來沒有，也許會活得更灑脫。擁有過再失去，不管過多少年，總是意難平。

如果一無所有季明舒就會拋棄他，那只需要他永遠有錢，就可以綁住她和自己作伴，這樣想想，也沒什麼不好，起碼她是鮮活而又真實地屬於他。

凌晨兩點，城市寂靜。

岑森的手慢慢鬆了勁頭，漸漸入睡。

季明舒小心翼翼地從他懷裡脫身，又將他放平在沙發上。

做完這一切，季明舒有點累。

她沿著沙發邊邊坐下，又去看岑森的睡顏，手指還順著他的眉目輪廓一筆一筆，輕輕往下。

他膚色偏冷白，劍眉星目，鼻挺唇薄，是只看一眼就不會忘記的特別好看的長相。

讀書時候有少年人的清澈乾淨，長大之後又有成年男人的沉靜疏冷，好像怎麼看都不會膩。

嗯……只要他不說話。

季明舒托著腮回想他剛剛的問題，第一次發現，他好像也在渴望一些不肯宣之於口的溫暖。

她腦海中突然跳出個奇怪的想法。

如果岑森有一天破產了，只要他乖乖聽話，就憑他這張臉，她也許可能大概……還是會願意賣包包來養他的吧？

✕

無所事事的一週很快過去，因岑森半途改道去了趟星大教師公寓，季明舒也沒能飛往平城，就在星城玩了一整週。

那晚的醉酒誰也沒再提起。

岑森大約是酒後斷片，自己說了什麼都忘得一乾二淨，酒醒後又成了季明舒口中只談工作不談感情的資本主義獨裁者。

至於季明舒，她巴不得誰都不要再提當天發生的任何一件事，因為只有這樣，才能讓那天群組聊天掉馬甲導致的究極尷尬徹底翻篇。

很快便到了《設計家》節目開始錄製的日子。

錄製前三天，季明舒就收到了節目組傳來的錄製流程詳解以及每組要接受的設計挑戰。

像做錄播節目這種規模，設計對象多為家裝、且多為新舊改造類項目，《設計家》也不例外。

其實家裝在空間設計裡只是非常小的一個分類，家裝設計師的入門門檻相對來說比較低，設計成品的檔次也沒有上限下限。

十五億豪宅的裝修叫家裝設計，小城市裝修隊二十五萬全包還送家電也叫家裝設計。

季明舒是科班出身，雖然正經經手的項目不多，但她向來比較講究藝術和情感的表達，還有創意理念的體現。

谷開陽對她豪無人性的認知最初就來源於，她念書時為了讓自己的設計達到最好的視覺效果，直接買了間一層一戶實景呈現，而且據說，那間一層一戶的裝修價格比房子還貴一倍。

好在季明舒後來有專程為自己闢謠：那間公寓她表哥早就買了，只不過一直沒時間搬進去住，聽說她要做一個實踐項目交作業，就大方地給她練了練手。

至於裝修價格比房子貴一倍是因為，房子裝修好後，她表哥在裡面掛了一幅自己收藏的名家畫作。

不過總的來說，因為沒有控制後期裝修費用的概念，她的設計風格的確是非常地陽春白雪不接地氣。

✕

節目第一天錄製的地點在星城會展中心，節目組在會展中心搭了一個美式家居風的攝影棚，作為旁白採訪主場地。

和其他比較正經的家居改造類節目不同，《設計家》這檔節目主打噱頭為「明星設計師」，每組都是兩位明星搭配一位素人設計師，另外每組還會有一位神祕的特邀嘉賓。

《設計家》第一季計畫播出十二集，每組的設計挑戰各播兩集，然後再從五組中選出較為優秀的兩組，以合作的方式完成最後的終極挑戰。

節目組給的官方說法是以素人設計師為核心展開設計挑戰，但季明舒覺得，素人設計師在裡頭的作用應該是防止這群明星瞎搞，最後搞出個四不像的作品。

分組早已確定。

季明舒的搭檔是一男一女，男的是不溫不火演技派馮炎，女的是某偶像女團主唱顏月星，對這兩人，季明舒都處在只聽過名字無法對號入座的狀態。

雖然私底下已經確定分組，但為了湊出節目氛圍，編導說，第一期會播一段抽籤分組的流程。

也就是他們今天要錄製的重頭戲——「雖然我已經知道自己和誰一組，但還是要裝作毫不知情並表現出很驚訝很榮幸的樣子」。

演個戲的事情明星們自然是信手拈來，對季明舒這種社交達人來說也不在話下，畢竟這也屬於塑膠姐妹情入門必修課程，每個時髦精都是滿分選手，早已修煉得如火純青。

季明舒掃了眼，這個節目咖位最大的應該是李澈，其他都是些二三線演員歌手或者是綜藝熟臉。

和她一組的馮炎可以看出性格脾氣都很不錯，打招呼的時候特別有禮貌，完全不會因為她不是明星就愛答不理，而且還誇她漂亮有氣質以後請她多多指教。

當然，重點就是誇她漂亮有氣質還請她多多指教，她就欣賞這種人，廢話不多，但句句都能說到點上。

只不過他這種不會來事的個性在娛樂圈應該不太吃香，比起同組另外一位少女偶像的全場活躍時不時把話題帶到節目焦點李澈，季明舒保守估計，節目播出後馮炎的鏡頭至少要比顏月星少上一半。

顏月星這位女團主唱，季明舒在來參加錄製之前就特地上網瞭解了一下，觀感不是很好。假唱整形還有暗示粉絲集資的新聞不少，前段時間號稱原創的個人單曲也被扒出從歌到ＭＶ都有抄襲嫌疑。

起先季明舒覺得網路上新聞最多信一半，真人可能沒這麼能來事。今天見到真人，她覺得網路上新聞真的是最多只能信一半。

按這位小妹妹左一個「李澈哥哥」又一個「李澈哥哥」生怕貼不上人氣嘉賓的多事體質，還只爆出這麼點新聞，不是公關手段了得就只能說是仗著不紅無所畏懼了。

抽籤分組後，還有一個每組派出代表抽選設計挑戰的環節——當然，這也是個走流程的劇本。

季明舒這組派出的代表是顏月星。

本來十秒就能結束的事情她硬是幫自己加了三分鐘戲，季明舒站在鏡頭外，雙手低低環抱，靜靜看她表演。

不行了，想到後面還要和這個頂級戲精錄一個月的節目，季明舒就覺得自己遲早會和她產生矛盾撕上一回。

季明舒隱隱約約有這麼一個預感，但萬萬沒想到這一切來得這麼快。

顏月星領回劇本設定的設計挑戰後，按照編導要求，組員要對其進行一番討論。

其他組都是設計師看平面圖、實景照片，然後根據戶主要求來闡述自己的大體構思，明星們只需要負責點頭應和，等著分配具體任務就好，畢竟他們都不大懂專業知識，強行插嘴只會暴露自己沒文化。

但顏月星絲毫不怕暴露自己的真實水準，小嘴叭叭停不下來，不停闡述自己的瑪麗蘇鄉村名媛風審美。

「……我覺得哦，這面牆可以拆掉，小臥室和書房打通，全部都貼上粉色壁紙，門口的話就可以掛一個捕夢網，還有珠簾，這樣會比較夢幻……」

季明舒眼都沒抬打斷道：「這是承重牆不能拆。」

平面圖上那麼粗的黑心實線線條她看不見？

顏月星僵了一瞬又立馬捧臉羞赧道：「這樣呀，我不知道欸。」

不知道那就請你少說話。

但顏月星顯然沒讀懂季明舒的內心活動，消停不到十秒，給了季明舒和馮炎三句臺詞的時間，又開始發表高見。

她指著圖紙上的某處地方分析道：「我覺得餐廳這裡的光線不好，餐廳換到光線充足的地方，我覺得用餐的心情會比較愉悅，而且……」

「……」季明舒畢竟不是專業演員，聽到這實在是忍不住用一種「你是不是傻子」的眼神看了眼顏月星，「這不是餐廳，是琴房。」

敢情這姐妹有理有據指手畫腳了大半天，連圖紙的順序都看反了，真是服。

被季明舒第二次糾正，顏月星的臉色瞬間就掛不住了。

她示意攝影停一下錄製。

等鏡頭關了，她立馬放下圖紙，臉上的甜美笑容也一秒就被臭臉替代，擺出了一副一線大牌的氣勢，「季設計師，請你不要一直打斷我說話可以嗎？」

緊接著又衝著小編導發脾氣，「你們節目請的這都是些什麼沒禮貌沒素質的人，這節目以後還怎麼錄？」

季明舒雙手環抱，靠進沙發椅背，懶洋洋地瞥她一眼。

沒等馮炎和小編導出言調解，季明舒便輕描淡寫地譏諷道：「哦，不打斷你，讓你繼續不懂裝懂胡說八道再順便暢談一下你的鄉村名媛風？」

「你！」

「我勸你不懂就閉嘴，不愛錄就別錄，地球少了誰都不會不轉。」

她們倆的爭吵總編導那邊很快知曉，底下人沒經過事慌裡慌張，還問要不要把這兩人換一換組，總編導卻覺得有趣，低聲道：「換什麼換，我正愁他們這組沒賣點呢，快去調解一下，不要鬧得太難看。」

顏月星就沒見過氣焰這麼囂張的素人！

她是團裡的焦點，小團雖然不怎麼紅，但忠實粉絲多，被眾星捧月慣了，私底下對待其他無名團員就像對待洗腳婢似的非諷即嘲。

公司也不管，整個團都靠著她拖飛機，也只有她的粉絲最多最雞血，當然是誰能賺錢誰就是祖宗。

她氣得要命，偏偏她想搭上的李澈就在附近，也不好太崩形象。

再加上編導助理們好一頓勸，她惱怒得不行，還是勉強錄完了後續的一個採訪。

季明舒也挺氣的。

她今天可是顧及在錄節目，不好太過囂張，先前提醒就已經盡量控制自己的語氣，甚至後來吵起來她也留了三分餘地。

離開的時候李澈還上來搭話，季明舒憋了小半口氣在心底，連帶著誰都看不順眼，冷冷淡淡地回答了兩句，和上次一樣旁若無人地出了電梯先行一步上車，也再一次讓李澈的隨行人員感受到這位素人設計師的不羈與颯。

X

今天的錄製實在是談不上開心，晚上睡覺時岑森靠在床頭看文件，順口問了句錄製情況，季明舒敷著面膜玩手機，聲音悶悶的，「不怎麼樣。」

岑森正準備應點什麼，季明舒忽然收到編導傳來的道歉訊息，還有提前告知她，他們組的神祕嘉賓是人氣爆炸直逼頂級流量的星二代裴西宴。

季明舒盯著「裴西宴」三個字看了兩秒，毫無預兆地坐在床上「啊啊啊」尖叫起來！！！

「裴西宴！」

「我的搭檔竟然是裴西宴！」

「嗚嗚嗚宴仔媽媽愛你！」

「這到底是什麼天降緣分！」

岑森：「……」

裴西宴是裴董和蘇程的兒子，他自然知道。但他並不知道，自己老婆除了買買買之外還兼職追星，追的還是比自己小了七八歲的未成年。

季明舒一個金絲雀跳起就從被窩裡鑽了出來，同時還撕下敷了沒兩分鐘的面膜打電話給同為媽媽粉的蔣純，緊接著就保持跪坐姿勢在床上瘋狂念叨了二十分鐘。

「啊啊啊這是什麼神仙節目組我一天的壞心情都被治癒了嗚嗚嗚！我今天都被氣得忘記看贊助商了！嗚嗚嗚這是什麼神仙贊助爸爸！竟然請了我最可愛最冷酷的孩子！」

「不行那個審美比你還辣眼睛的小作精一定會貼著我的孩子不放蹭熱度！我一定要好好守護我的孩子！」

季明舒說著說著還手舞足蹈，「啪」的一下就反手將岑森手中的文件直接拍到了他的臉上。

贊助爸爸：「……」

✕

裴西宴是個貨真價實的星二代，母親是家喻戶曉、演藝圈地位極高的影后蘇程，父親身分神祕，一直被外界猜測。

外界猜測得最多的便是某珠寶大亨，確實也沒猜錯，裴西宴父親就是某珠寶集團的董事長。

裴西宴被大眾熟知是因為，六歲時他被蘇程帶上了一檔親子戶外互動節目，他外形出眾，小小年紀又很有個性，節目播出便圈下了大批姐姐粉媽媽粉。

可惜之後很多年他都不太露面，只偶爾會被拍到和蘇程一起，或者在一些電影作品中客串，遊走在娛樂圈的極邊緣地帶。

去年他飾演男主角少年期的電影《最後一次》意外迎來票房口碑的雙雙大爆，一夜之間，當年的桀驁不馴的高冷男孩再次走入大眾視野，不僅沒長殘，還帥得有點天怒人怨，自然是輕輕鬆鬆就收割了大批少女心，人氣也像坐了火箭似的一路飆升。

季明舒雖然早已不是少女，但也是被收割的其中之一。

她不太瞭解飯圈文化，對接機打投[2]什麼的都不太瞭解，但去年她為了見裴西宴，還厚臉皮地跟著她表哥跑去裴董家裡蹭了飯。

當時裴西宴正好在家，和他們冷冷淡淡地打了聲招呼，就拎著罐冰牛奶上樓了，午飯也沒下來吃。

如果換成岑森，季明舒恐怕心裡就已經為他貼上了「不懂禮貌」、「情商低」、「冷漠自大」一等一系列負面標籤，但，換成裴西宴，季明舒就只覺得孩子真的是好有個性！好桀驁不馴！好有稜角！好有少年氣喔！愛了愛了！

2 指粉絲為了偶像進行打榜投票。

「你說我穿這個會不會比較好，顯得比較端莊比較專業？」

季明舒換好套裙在全身鏡前轉了圈，又回頭問岑森。

岑森抬眼一瞥，聲音極淡，「像房仲。」

「……？」

有這麼美貌的房仲？

被岑森這麼一說，季明舒再仔細打量，也覺得這裙子好像有點太過職業。

她又陸陸續續換了四五套衣服，但只要一問岑森，就能被岑森挑出毛病。

「太緊。」

「顏色太豔，不適合你。」

「穿成這樣，你去選秀？」

季明舒接連被批判了好幾次，耐心也終於告罄。

她將行李箱裡的衣服全都搬出來往床上一扔，沒好氣道：「那你選！你選你選你選！」

沒選出套好看的你就切腹自盡吧你！

岑森稍頓，放下手中文件，指著套黑色運動服道：「這套不錯。」

季明舒：「？」

岑森：「你是去做室內設計，當然要穿休閒方便的衣服。」

不，我不是去做室內設計，我是去保護我的孩子。

季明舒：「……」

✕

第二次錄製是在三天後，季明舒左思右想，還是決定穿岑森說有點緊的那條襯衫裙。

她覺得這條襯衫裙能完美勾勒出她前凸後翹精緻迷人的身段，將女團的那隻小作精豔壓得毫無存在感，同時又能展現她作為室內設計師的專業感、優雅感和菁英感。

只不過岑森說這裙子看起來有點緊，她尋思著可能是最近在飲食方面稍微有點放縱，於是就幫自己安排了比較素的餐，中間還輕斷食了一天。

錄製當天，季明舒在飯店換上裙子，在鏡子前轉了圈，覺得只有兩個字可以形容：完美。

她對準鏡子眨眼，雙手一前一後比了個開槍手勢。

不巧岑森剛從浴室出來，頭髮還在滴水。

兩人透過鏡子無聲對視了三十秒，季明舒突然想起之前在柏萃天華發生過的 rap 翻車事件，可能這幾天餓得智商跟隨體重一起下降，她沒頭沒腦問了句：「……你要……聽我給你來段 rap 嗎？」

「……」

「不了。」

✕

《設計家》的第二次錄製是直接入戶。

季明舒他們組要改造的那間房子是星城老城區的一間學區房，建面二十七坪，屋主是一對新婚夫妻。

房子是女方父母留下來的老房子，裝修已經很有年代感了。

這對新婚夫妻的訴求就是將這間老房子改造成一個有藝術氣息、有復古情懷的甜蜜二人世界，同時預留出一個房間，方便以後有了寶寶可以做成嬰兒房。

季明舒看過其他組的設計挑戰，其他組總有些「家裡有生病的老人小孩，必須讓他們生活方便」、「面積小到令人髮指，但還是要一坪掰成三坪用」等等可以進行深入挖掘和展現空間設計藝術的挑戰點和可看點。

相比之下，他們組被分配到的這一挑戰沒有什麼高難度的改造問題，也沒有能夠催人淚下的背後故事，可以說是平平無奇毫無亮點了。

攝影從他們下車開始就一路跟拍。

剛好是小學生上學的時間，前面呼啦啦的一大群小學生排排站過馬路。

顏月星立馬捧臉星星眼，開始了她的表演，無非就是說自己有多麼地懷念小學生活，小學的時候有多麼有趣，言語間還流露出一種她小學時期就很受男生歡迎的優越感。

季明舒覺得這種和節目無關的話題後期肯定會喀擦剪掉，也懶得搭理，一心只盼著可以快點見到裴西宴。

半小時後，季明舒、馮炎還有顏月星已經在老房子裡實地觀察結束，裴西宴的保姆車終於出現在了社區樓下。

遠遠聽到攝影組導演組在說裴西宴來了，季明舒和顏月星就悄悄掏出了小鏡子整理妝容。

「裴西宴裴西宴！」

「真的帥！」

「照片帶了嗎等會兒過去要簽名。」

「帶了帶了！」

造型組的小姐姐們在窸窸窣窣地低聲討論。

季明舒眼都不眨，盯著邊脫口罩邊往裡走的清冷少年，小心臟撲通撲通狂跳。

裴西宴雖然才十六七歲，但身高已經直逼一百八，按這漲勢高考結束恐怕會有一八五，身上很有少年人的那種清澈感。

他在編導介紹下，和他的搭檔們一一握手打招呼。

到季明舒的時候，季明舒擺出練了三天的完美笑容，笑盈盈地看著他，聲音也溫柔矜持，「你好，我很喜歡你的作品。」

裴西宴抬眼輕掃，又禮貌疏離地應了聲，「姐姐你好。」

握手只不過是輕輕虛握，觸感都不太明顯，收回手後季明舒就站在馮炎附近，狀似不經意地挽了下碎髮。

啊啊啊！宴仔！

姐姐愛你！

媽媽愛你！

媽媽不洗手了嗚嗚嗚！

這就是觸電的感覺！

好像一秒年輕了十歲！

季明舒內心火熱表面平靜的這時，編導已經開始為他們講解接下來的錄製內容還有贊助商廣告的簡單拍攝，季明舒沒聽得特別清楚，整個人還處在恍惚出神頭暈目眩的狀態。

馮炎將詞卡遞給她，她仍是心不在焉地先看了眼裴西宴，才去看詞卡內容。

「讓設計走進家庭，君逸雅集，您的……」

等等，什麼玩意兒？

季明舒一頓，仔細看了眼，又問：「這個君逸是？」

馮炎熱心，低聲回了句：「就是君逸章華還有君逸水雲間的那個君逸，聽說他們集團為了做新的品牌飯店，砸錢贊助了我們節目。」

季明舒：「……」

她想起來了，當初那份設計師飯店的文件裡就有提過定名這一塊的問題。

當時有十幾個備選名字，剛剛乍一看她還沒認出來，現下突然想起，「雅集」的確就是其中之一。

也就是說，君逸是這個節目的贊助商。

岑氏森森，是這個節目的贊助商。

很好，這狗男人的嘴真是比縫過針的牛仔褲破洞還緊，他這麼守口如瓶怎麼不穿越到古代去當死士呢？

季明舒緩了三十秒，不知怎地有點頭暈犯噁心。

等壓下那陣不適，她又鼓勵自己往好的方面想了想，這不也是公費追星嗎，沒什麼不好，對，沒什麼不好。

季明舒又悄悄問了下馮炎，把自己剛剛落下的課給補了一下。

原來編導剛剛是說，今天的主要任務就是定初步的裝修方案，分配去跑市場買材料、找施工隊等任務。

原則上節目組會提供五十萬塊的硬裝基金和五十萬塊的軟裝基金，裝修費用是不愁的。

但每一戶人家都許願了一樣新家禮物，編導明示道：為了增強節目的可看性，他們建議嘉賓們透過勞動來換取掙取部分經費，在施工完成的時候，用來為戶主購置禮物。

季明舒恍惚間以為自己聽錯了，向馮炎確認道：「就一百萬嗎？」

這只夠裝個家用廁所吧，還裝修費用不愁，節目組怎麼說得出口？

馮炎還確定地點了點頭，「對，一百萬。」

剛剛那種頭暈目眩犯噁心的感覺又來了。

編導交代完這些，剩下的便交由他們自行發揮。

季明舒作為設計師，分配任務的權利自然是落到了她的身上。

不過這些任務也早有劇本，節目組有專門的跟組編劇給他們寫好了一些可以製造ＣＰ感和矛盾感的劇情，但也只是作為參考，他們還是擁有比較多的自主權。

季明舒看到寫好的安排裡是顏月星和裴西宴一起去建材市場。

她面不改色一通調換，最後笑咪咪地對裴西宴說：「小宴你就和我一起去建材市場吧。」

裴西宴稍頓，聲線略低，「我可能更適合去找一些裝飾品這樣的……」

懂了懂了立馬安排。

但當季明舒提出自己和他一起去找裝飾品，他又推脫說設計師是節目的核心，應該負責更重要的部分。

季明舒不開心了，亂七八糟地在想：宴仔是不是討厭她？宴仔是已經忘記他們在裴家見過面了嗎？嗚嗚嗚媽媽什麼都沒做是不是因為長得太漂亮了孩子怕節目播出後傳姐弟戀？嗚嗚一定是這樣的！

不管如何自我安慰，季明舒的心情都一瞬間落至了谷底。

分配完任務，一行人下樓，出發前往各自目的地。

季明舒和顏月星一組，半個字都不想說，窩在後座又喪又鬱。

可裴西宴沒上自己那輛車，忽然走到她們車的旁邊，敲了下季明舒那面的車窗。

季明舒按下車窗，心情正驀地雀躍，就見裴西宴掩唇輕咳一聲，略帶尷尬地說了句：

「明舒姐，抱歉，森哥希望我和你可以，保持一點距離。」

⨯

季明舒：【你居然要裴西宴和我保持距離？】

季明舒：【你還是人嗎？】

季明舒：【認識你之後我只想知道殺人判幾年！】

十分鐘後，她收到了來自岑森的回覆。

岑森什麼都沒說，只針對她最後說的那句話，甩回了一張故意殺人量刑的法律條文截圖。一眼掃過去，基本都是十年起步，死緩死刑占了大頭。

季明舒：【？】

季明舒：【我看你是不想要老婆了。】

看到這句話，岑森倒沒再接著和她抬槓，只按住語音訊息緩聲道：「和當紅明星接觸過多，對你沒有好處，你稍微收斂一點。」

他看了眼時間，又說：「對了，我今晚飛洛杉磯，一週後回來。但我會先回一趟平城，再過來星城這邊。周佳恆已經到星城了，你有事的話，可以聯繫他。」

星城分部這邊的事情比想像中的更為棘手。

這些年岑氏總集團內部不甚安寧，岑遠朝花了大力氣肅清，反倒君逸下面的這些具體事務有些疏於管理。

作為君逸集團的第二大根據地，星城分部就這麼任由高管掌控多年，已然呈現割據勢態，想要一朝突破瓦解不太現實，只能各個擊破慢慢磨了。

岑森不可能為了一個分部的內部矛盾停下手頭其他工作，便先讓周佳恆過來盯著，自己暫時抽身，去談更為重要的合作。

季明舒收到來自岑森的這麼兩則語音訊息，頓了三秒。

這就是他拆散燕雀CP的理由？

可再傳訊息給岑森，就如石沉大海再無回應。

她氣懵了，反手就是一個「此生不復相見」豪華套餐，封鎖刪除一套操作行雲流水。心底還不忘畫圈圈詛咒這狗男人一路順風，惟恐圈圈功效不夠，她還順便畫了幾個多邊形和三稜柱。

氣完了季明舒又想，岑森這邊已經斷了前路，從裴西宴那裡或許還能突破一下。

孩子年紀不大，哄上兩句估計就能把「他和岑森是怎麼認識的」、「岑森讓他們保持距離的原話是怎麼說的」一股腦兒全告訴她。

她還能對孩子洗個腦，讓他別聽岑森胡說八道。

可她萬萬沒想到，裴西宴這孩子原則性強得不得了，答應了岑森和她保持距離，就絕不和她有任何身體接觸，對視都極少，更別提近身遊說了。錄節目的時候只要見她有靠近的意圖，他就會自行閃避。

季明舒很氣。

唯一值得慶幸的是，這點刻意保持距離的特殊，在裴西宴一視同仁的冷淡中變得不甚明顯。他全程安靜冷酷，只聽安排，把「多做事少說話」這句名言實踐得分外徹底。

與他相比，顏月星就是非常典型的反面例子了，組裡其他三個成員加起來說的話都沒她一個人多，幹的事卻是最少，掃個地都得時不時停下喘氣休息，順便在鏡頭面前碎碎念叨撒個嬌賣個萌。

這些也就算了，可她不光是不幹活，還淨添亂。

季明舒：「你買的這是什麼東西，三萬二，你是瘋了嗎？」

在「資金困難」、「你是核心」還有「孩子不理我」的三重壓迫下，季明舒短短幾天就明白了生活的艱難。

最開始，她根本就沒有過設計預算的概念，只覺得一百萬裝個廁所都不夠，還要改造整間屋子，簡直就是個笑話。

後來她悄悄問過其他組有經驗的設計師，自己也在網路上搜索了一些普通家庭的家裝案例，才知道節目組給的資金已經算是合理範疇。

而且她也連續跑了好幾天建材市場和傢俱市場，親自在市場裡逛過才知道，原來很多材料沒有她以為的那麼貴，包括軟裝，如果不追求知名傢俱設計師的經典作品和限定產品，選擇空間其實很大。

短短幾天，無物不奢侈的季大小姐，已經針對這一百萬裝修基金列了一張長長的表格，精打細算到了個位數，並且一再和組員強調，不要買任何不實用、和設計方案不符的裝飾品。

哪成想顏月星絲毫不顧及團隊合作，冷不防就弄回來了一張售價三萬二的地毯。

面對季明舒瀕臨發飆邊緣的質問，她還理直氣壯故作天真道：「地毯啊，你不覺得很好看嗎？這是一個很有名的設計師今年出的限定款，都只剩下這最後一塊了欸。」

季明舒只掃一眼就知道這是出自哪家的設計，眼都沒抬便說：「退掉。」

「為什麼要退？這塊地毯很百搭啊，放在客廳沙發那一塊會很有那種後現代的感覺吧。」

第一次錄製的時候被季明舒吐槽過審美太過鄉村名媛，顏月星很不服氣，回去就惡補了幾天功課，現在嘴裡時不時就要蹦出幾個「後現代」、「高飽和度」之類，乍一聽好像很有藝術氣息的詞。

季明舒也顧不上攝影機沒關了，只覺得頭昏腦漲心裡還悶得慌，劈頭蓋臉就是一頓狂懟，「你知道什麼叫後現代主義嗎？這叫哪門子的後現代？」

她拎起地毯往顏月星面前一扔，「你要是不懂就少說話多做事，大學畢業了嗎？唱的歌是自己原創的嗎？你腦子裡對原創設計有沒有最基本的尊重？一個被時尚圈集體抵制無法進入內地市場的品牌轉手和傢俱商合作一塊破地毯還敢賣三萬二，重點是還有你這種半桶水晃蕩的人真情實感捧起來了？」

簡直氣笑。

顏月星一下子就被嘲懵了。

馮炎還想當和事佬，可一句「算了算了」還沒說完，季明舒就直接打斷，「不能算。」

她盯著顏月星冷冷道：「要嘛你現在給我去退了這地毯，要嘛你自己收了折現，總之我的作品裡不需要這種被集體抵制的垃圾！」

她列表格精打細算計算成本，可不是用來給這種垃圾玩意兒糟蹋的。

這小女生還想和她玩手段，吃大便去吧！

一連合作多日，包括跟組拍攝的所有工作人員都看明白了——

別的組素人設計師都是鑲個邊，時不時還要委婉應付明星嘉賓不合常理的奇怪想法。

這組的設計師卻是實打實的核心，從能力到氣場全方位碾壓，在組裡簡直就是說一不二的存在。

馮炎和裴西宴基本都是她說幹啥就幹啥，顏月星倒是個愛折騰的，但完全爭不過這設計師，每次都只有受氣的份。

她有心想要大牌，可裴西宴都在這裡安安分分等著分配任務，她也沒那讓節目組重視的資格，導演組根本就不搭理。

所以毫無疑問，這次的地毯之爭又是季明舒全方位獲勝。

顏月星委委屈屈抱著地毯去退貨，沿路對著攝影機還碎碎念叨了不少白蓮語錄。

只不過季明舒沒工夫管那麼多，改造工期很緊，方方面面都需要她來調節掌控。

她以往所有作品，包括念書時做的那些概念作品，都不需要她本人親自參與付諸實踐，多少有點紙上談兵的意思。而這是她第一次做比較生活化的室內設計，也是第一次出完設計圖後實際參加裝修改造。

剛參加錄製的那兩集她還心不在焉，真正進入狀態之後，整個人都變得十分投入。

中午吃的是節目組準備的便當，雖然有菜有肉葷素搭配得當，但放在塑膠盒子裡賣相實在是談不上精緻。再加上處於裝修改造期的屋子滿是灰塵，味道也很難聞，季明舒完全沒有胃口。

其他人都在吃飯的時候，季明舒還在琴房測試隔音材料的效果。

從琴房出來，她眼前忽地空白了一瞬，大概緩了四五秒，整個人才從僵硬的狀態恢復過來。

季明舒揉了揉太陽穴，總覺得身體好像出了什麼問題，最近時不時地頭暈目眩犯噁心，有點傳說中懷孕前期反應的感覺。

可她和岑森很久沒過夫妻生活了，上一次過的時候也有保護措施，而且前段時間她還大姨媽來了，懷孕應該不太可能。

她走至陽臺呼吸了會兒新鮮空氣，忽然想起顏月星時常抱怨過這屋子味道難聞，可能有甲醛，她心裡也有點不踏實。

像牆漆什麼的都是贊助產品，她上網搜尋過，都是認證過的環保等級，但這種事，誰又說得清楚。

季明舒大概是沒聽過「一問谷歌都是病，二問谷歌墳已定」的說法，膽小如雀不敢去看醫生就算了，竟然還上網搜尋了一下自己的身體反應。

搜尋完她臉都白了，心裡越加惴惴。

這之後幾天，季明舒吃也不想吃，睡也睡不好，每天施工現場建材市場四處跑，肉眼可見地瘦了一圈，誰也不知道她夜深人靜一個人躺在床上的時候都腦補了些什麼。

✕

一週很快過去，岑森也終於返程。

在機場候機時看到季明舒平日常背的包包品牌，他還順便進去買了個新款。

岑森原本的打算是先回平城，和家裡老爺子聊一下安家的事。

哪成想甫一落地，周佳恆就打來電話說：「岑總，夫人在節目錄製現場暈倒，半小時前已緊急送往附近醫院。」

「知道了。」

他機場都沒出，又徑直飛往星城。

※

季明舒是在和大家一起搬運傢俱的時候突然暈倒的，頭暈目眩犯噁心，眼前一陣白光，隨後便暈倒在地人事不知。

節目組緊急將她送往醫院，又通知了她填寫的聯絡人。

她填寫的連絡人是周佳恆。

作為岑森的總助，他的可靠程度大概也就是岑森的一百倍，基本上電話是隨時線上一打就通。接到通知的半個小時後，他就已經出現在了醫院。

可季明舒一直沒醒。

昏睡到傍晚時分，夕陽餘暉從落地窗投射進來，灑下一片橙紅光澤，季明舒才終於緩緩睜眼。

大概過了一兩分鐘，她的意識才逐漸回籠，並察覺出自己是突然暈倒進了醫院。

她眼珠子轉了轉，看到了站在床邊的岑森，心臟猛地一沉。

——連岑森都來了。

意識到她醒來，岑森回走至床前，面不改色地說了句：「醒了。」

季明舒沒說話，臉上也沒什麼表情，無悲無喜的，內心經過了千般掙扎萬般不捨，還是平靜地問了句：「我怎麼了？」

岑森沉默。

「沒事，你說吧，我承受得住。」

季明舒眼睫低垂，一隻手在打點滴，一隻手在被子裡緊緊握成了拳，想到那些還沒去過的國家沒吃過的美食沒搜集到的限量版包包心裡就一陣陣地鈍痛，甚至已經糾結到了要不要接受化療，化療會不會變得很醜。

「……」

「餓的。」

——《不二之臣（上）》 完

高寶書版集團
gobooks.com.tw

YH 105
不二之臣（上）
作　　者　不止是顆菜
責任編輯　陳柔含
封面設計　陳采瑩
內頁排版　賴姵均
企　　劃　何嘉雯

發 行 人　朱凱蕾
出　　版　英屬維京群島商高寶國際有限公司台灣分公司
　　　　　Global Group Holdings, Ltd.
地　　址　台北市內湖區洲子街88號3樓
網　　址　gobooks.com.tw
電　　話　(02) 27992788
電　　郵　readers@gobooks.com.tw（讀者服務部）
傳　　真　出版部(02) 27990909　行銷部 (02) 27993088
郵政劃撥　19394552
戶　　名　英屬維京群島商高寶國際有限公司台灣分公司
發　　行　英屬維京群島商高寶國際有限公司台灣分公司
初　　版　2022年10月

本著作物《不二之臣》，作者：不止是顆菜，由北京晉江原創網絡科技有限公司授權出版。

國家圖書館出版品預行編目(CIP)資料

不二之臣（上）/不止是顆菜著. -- 初版. -- 臺北市
：英屬維京群島商高寶國際有限公司臺灣分公司,
2022.10
　冊；　公分. --

ISBN 978-986-506-522-5(上冊：平裝).

857.7　　111013186